吳明益

散文　攝影　手繪　設計

Text Photo Illustration & Page Design

貳 零 零 參 年 拾 月

在寻找解决之道的同时
应承认自己亦是问题的一部分。

by Diane Ackerman

◀ 流星蛺蝶
Dichorragia nesimachus formosanus Fruhstorfer
◎彩圖一，攝於臺北士林官邸，2001

當流星蛺蝶闔上翅膀，像砰然一聲關閉了一本書，我的心神被夾在那一頁。
他拒絕顯露出飛行的預備動作，他就要你意外、要你惋惜、要你像初戀一樣，彷彿他的離去就是世界的離棄。（〈趁著有光〉）

紫單帶蛺蝶♂ ▶
Parasarpa dudu jinamitra Fruhstorfer
◎彩圖二，攝於桃園復興，2002

流星蛺蝶再次被占據制高點的紫單帶蛺蝶追趕，兩者皆是高明的飛行術士，彷彿一道褐白色的閃電追逐著一道墨藍色的閃電。（〈趁著有光〉）

黃裙粉蝶 ▶
Cepora aspasia olga Eschscholtz
◎彩圖五，攝於蘭嶼東清，2001

面前的黃裙粉蝶正在展示他們的愛與性，靜靜地，絲毫不激動，令人懷疑那相交是否帶著歡愉。
交尾結束後蝶將各飛東西。結束了，愛與性都結束了，除了雌蝶還要產卵外，他們所面對的將只剩下死亡。（〈愛欲流轉〉）

雙尾蝶 ↑ ▶

Polyura eudamippus formosanus Rothschild
◎彩圖三，攝於陽明山湖田，2000

雙尾蝶仍停在原處，就像享受著下午茶的紳士，過分耽溺於沉思與吸吮，對周遭一無所聞，對我們的高談闊論感到鄙夷。
他的飛行迅捷卻靜謐，由於振翅遠低於人耳所能辨識的頻率，對人們來說，蝶的飛行安靜繁複如John Cage的「四分三十三秒」。（〈在寂靜中漫舞〉）

◀ 黑脈樺斑蝶 ↑

Danaus genutia Cramer
◎彩圖四，攝於蘭嶼東清，2001

一隻停憩在帶刺林投上的黑脈，線條與色彩布局皆無敗筆，讓你覺得面對這個畫面不宜轉動目珠，不宜呼吸。（〈愛欲流轉〉）

◀ 菲律賓連紋黑挵蝶
Notocrypta feisthamelii Alinkara
◎彩圖六，攝於蘭嶼紅頭山，2001

一旁的菲律賓連紋黑挵蝶目睹這一切，他靜靜地停憩在那裡，可我知道他目睹著一切。目睹著生境的變化，海的衰老。（〈愛欲流轉〉）

臺灣紋白蝶♂ ▶
Pieris canidia canidia Sparrman
◎彩圖七，攝於新北市永和，2002

清晨雨停，就這麼若無其事地停了。但蝶還在，藏匿如小小的白色夢境。不過在閃神間就飛走了，像夢境不可預期地被打斷，意識之流的轉向，青綠的葉猝然落了下來。我們的老去，她的離開。（〈櫻桃的滋味〉）

◀ 紅肩粉蝶♂
Delias pasithoe curasena Fruhstorfer
◎彩圖八，攝於烏來，2000

相較於人類的食性繁雜，蝶的菜單不但單調，有時還執著於一味。
紅肩粉蝶幼蟲以半寄生於其他植物的大葉桑寄生為食，而大葉桑寄生對寄生的對象也有選擇性。他們挑選寄主就像挑選情人。
挑剔的植物，挑剔的蝶。（〈櫻桃的滋味〉）

雲紋粉蝶 ♀ ▶
Appias indra aritoxenus Fruhstorfer
◎彩圖九，攝於臺東知本，2000

落葉以暈眩的姿態跌落，臺北樹蛙用嬰孩的眼神定定望向天空，雲紋粉蝶一隻一隻穿過知本溪谷，落在濕地上吸吮，為下一代儲存某種生命的滋味。
他們的前腳搭在地上，想必，也嘗到了土地的滋味。（〈櫻桃的滋味〉）

◀ 樺斑蝶 ♀
Danaus chrysippus Linnaeus
◎彩圖十，攝於臺北景美，2000

在黑暗觀景窗的狹窄視界裡，看著他們火燄般的蝶翼微微顫動，你知道靈魂棲息在那動態的軀體裡，你知道一切歡愉與憂傷棲息在那裡。（〈死亡是一隻樺斑蝶〉）

黃蛺蝶 ▶
Polygonia c-aureum lunulata Esaki & Nakahara
◎彩圖十一，攝於臺北內湖，2002

一個橙褐色的影子使馬櫻丹顫抖了一下，畫出一條孩童塗鴉般的飛行路線離開。
你的視覺暫留區還留著他多裂的後翅，保存了豹樣的野性色澤，與一片草原。（〈我所看見聽見的某個夏日〉）

◀ 斑粉蝶♂
Prioneris thestylis formosana Frubstorfer
◎彩圖十三，攝於清境農場，2003

斑粉蝶常無故繞飛，而後又回到雌白黃蝶的吸水群中。我蹲坐持著相機，以為自己成了達娜伊谷旁的一枚石頭。（〈達娜伊谷〉）

枯葉蝶♂ ▶
Kallima inachis formosana Fruhstorfer
◎彩圖十四，攝於臺北市立動物園，2001

枯葉蝶翅背的藍光與橙帶，像節慶舞蹈的飛旋彩帶，但我知道不能沉迷，必須跟隨他的節奏，否則一旦他停憩下來，又將「植物化」成一片樹葉。（〈達娜伊谷〉）

◀ **雌白黃蝶為主的吸水群**
Ixias pyrene insignis Butler
◎彩圖九，攝於臺東知本，2000

柯倍德教授的太太興奮地用她的傻瓜相機拍攝著以雌白黃蝶為主的吸水蝶群，我並沒有阻止她「浪費底片」。
就我與蝶接觸的心情，我推想即使相隔一個太平洋之遙，這群蝴蝶也將清晰地顯影在她腦葉中關於臺灣的記憶區裡。
當一切都老化的時候。（〈達娜伊谷〉）

眼紋擬蛺蝶 ▶
Junonia lemonias aenaria Tsukada & Kaneko
◎彩圖十五，攝於美濃，2002

我在觀景窗裡和他像用夏日陽光清洗過的眼紋對看，彼此帶著緊張、不信任，與友善的好奇。我按下快門，轉頭對高村長說：跟他比耐心。
一件需要耐心的事，關於讓達娜伊谷微笑這回事。（〈達娜伊谷〉）

◀ **大紫蛺蝶** ♂
Sasakia charonda formosana Shirozu
◎彩圖十六，攝於拉拉山，2000

我鏡頭裡的大紫蛺蝶回到他的空域，就像大熊老斑回到他不可冒犯的洪荒。
老斑和大紫蛺蝶都不是獨立的存在，他們也不屬於牆壁與標本箱。（〈目睹自己的誕生〉）

◀ 白裙黃斑蛺蝶 ♂
Sephisa daimio Matsumura
◎彩圖十七，於北橫明池，2000

白裙黃斑蛺蝶正在享用他的糞便大餐，就像歡度節慶。
在這個充滿狂熱探險者的森林，生命總是依靠著其他生命的某個部分。
幼蟲潛藏於腐葉中的大紫蛺蝶，和嗅到糞便便興奮趨近的白裙黃斑蛺蝶說，華麗必須仰賴腐敗。（〈目睹自己的誕生〉）

淡黃蝶 ♂ ▶
Catopsilia pomona pomona Fabricius
◎彩圖十八，攝於美濃雙溪，2002

中國把Catopsilia稱為「遷粉蝶屬」，緣於他們飛行的速度快，無時不處於動態。
他們將口器探入花中的時間不超過我的一次心跳。他們是一群檸檬色的遷徙者（Lemon Migrant）。（〈往靈魂的方向〉）

◀ 長鬚蝶 ♂
Libythea celtis formosana Fruhstorfer
◎彩圖十九，攝於八仙山，2002

野地的定義不應排除人的介入。如果要長鬚蝶決定，他們可能要一個臺灣朴的純林。正因為各色生命沒有絕對的決定力量，生命才會以各種姿態呈現在溪谷濕地上。
問題是，人們有凌駕生界的不凡力量，我們的決定是？（〈往靈魂的方向〉）

紅點粉蝶 ↕ ▶
Gonepteryx amintha formosana Fruhstorfer
◎彩圖二十，攝於太平山，2002

英文的butterfly可能源自南歐冬季過後，最先出現的一種帶硫磺色的蝴蝶。臺灣產的紅點粉蝶和小紅點粉蝶正是這種蝶的近緣種。
雄蝶翅色橙黃，飛行時帶起一道溫暖的光線，butter-colored fly逐漸以部分代全稱，增色整個世界。（〈當霧經過翠峰湖〉）

◀ 深山白帶蔭蝶 ↕
Lethe insana formosana Fruhstorfer
◎彩圖二十一，攝於太平山，2002

透過「加工」後的肉眼，我才有機會探望深山白帶蔭蝶翅腹面眼紋周圍的地平線藍色暈。
那隻人工化的眼，讓我有機會重新去審視我原本想像的生命與自身。（〈當霧經過翠峰湖〉）

臺灣小波紋蛇目蝶 ↕ ▶
Ypthima akraga Fruhstorfer
◎彩圖二十二，攝於翠峰湖，2002

臺灣小波紋蛇目蝶的飛行如一枚彈跳的皮球，他們總在林緣跳躍於現實與夢幻之間，他們是森林的信使，似乎想傳遞什麼，或想引誘我進入什麼秘密裡去似的。（〈當霧經過翠峰湖〉）

◀ 臺灣鳳蝶♀
Papilio thaiwanus Rothschild
◎彩圖二十三，攝於八仙山，2002

臺灣鳳蝶來了，一隻雌蝶，以富於音樂性的飛行接近，就像波赫士詩中一句令人顫抖的意象。（〈言說八千尺〉）

臺灣黃斑蔭蝶低溫型 ▶
Neope bremeri taiwana Matsumura
◎彩圖二十四，攝於翠峰湖，2002

珠光鳳蝶 ♂ ▶
Troides magellanus C. & R. Felder
◎彩圖二十六，攝於蘭嶼青青草原，2001

我的單車命名為麥哲倫，不只是因為麥哲倫，且是因為珠光鳳蝶。它的黑黃塗裝車身，正與這種在蘭嶼憤怒陽光下閃現天堂之色的鳳蝶相仿，而蝶的種名正是麥哲倫。既是旅行，也是航行、飛行，尋找與奔走的賦名。（〈行書〉）

◀臺灣單帶蛺蝶 ♀
Athyma cama zoroastres Butler
◎彩圖二十七，攝於滿月圓，2001

在這個離公路不到兩公尺的林緣地，初春就是臺灣單帶蛺蝶，就是堅持捍衛無形空域邊界的姬黃三線蝶。（〈行書〉）

◀黃領蛺蝶 ♂
Calinaga buddha formosana Fruhstorfer
◎彩圖二十五，攝於八仙山，2002

風有點大，吸水的黃領蛺蝶的翅膀微微倒下，像颱風天把持不住傘的行人。但沒有什麼能阻止他吸水的決心，你不離開，他不離開。
也許是滿足了，幾分鐘後他決定飛離，把你留下。能飛的是他，只能跟隨的是你。（〈言說八千尺〉）

雙環鳳蝶 ♀
Papilio hopponis Matsumura
◎彩圖二十八,攝於八仙山,2002

雙環鳳蝶來了,帶著她獨一無二的雙重弦月紋,以及後翅令人迷惑、觸電的藍。由於世界上沒有一種藍相似,我們只好說那是雙環鳳蝶藍。(〈言說八千尺〉)

青帶鳳蝶
Graphium sarpedon connectens Fruhstorfer
◎彩圖二十九,攝於八仙山,2002

去看看青帶,青斑,寬青帶;去看看石墻、端紅和雙尾蝶。去看看山。
有了這片林地我和蝶都可以放心,生命在等待天暖,在某處。(〈行書〉)

目次

上卷 六識
- 23　趁著有光
- 47　在寂靜中漫舞
- 69　愛欲流轉
- 89　櫻桃的滋味
- 109　死亡是一隻樺斑蝶
- 127　我所看見聽見的某個夏日

下卷 行書
- 141　達娜伊谷
- 155　目睹自己的誕生
- 173　往靈魂的方向
- 185　當霧經過翠峰湖
- 201　言說八千尺
- 217　行書

附卷 後記
- 266　後記　衰弱的逼視
- 275　三十種相似蝶類手繪比較圖

上卷・六識

在自然裡行走，我無法關閉既清淨亦雜染的六識。就像蛙類以開放的皮膚獲得溼潤，也留存毒物。我是一座行走在島上既不封閉亦不孤獨的亞熱帶雨林。
而感官的知覺也從不單獨運作，生命是一種「聯覺」(synesthesia)，就像生態系。

是一隻樺斑蝶我所看見聽見的某個夏日

Catch the Light

Catch the Light   趁著有光

光在你們中間為時不多了,你們應當趁著有光的時候繼續行走,免得黑暗追上你們,因為在黑暗裡行走的人,不知道往何處去。
　　　　　　　　　　　　　　　　　　　　　　《新約聖經·約翰福音》,12:35

林布蘭坐在房間中央的地板上,姿勢很不舒服,正把他親愛的生命畫進靠在一個籃子上的大畫布中去。「哦,」他頭也沒抬的說:「你們來了嗎?請原諒我,但這光實在太棒了,所以我認為應該馬上開始畫。」
　　房龍(Hendrik Willem van Loon),《林布蘭時代》(*The Life and Times of Rembrandt*)

對我來說，光與色彩的啟蒙部分來自林布蘭(Rembrandt Van Ryn，1606-1669)與蝴蝶。

從小我對色彩所知甚少。小一的時候我被健康檢查的護士告知，你的眼睛紅綠色弱喔。那個一直認為我多多少少具有「繪畫天份」這東西的級任老師還比我傷心，他隔一陣子就要我去保健室再檢查看看「是不是好了」，直到有一次保健室阿姨不耐煩地大聲對我說，「色盲是好不了的啦，跟你們老師說不會好的啦，不要再來檢查啦，煩死了。」

我眼底的視錐細胞，無能完整地捕捉光所映射出來的彩色世界。色彩的野兔慌張奔跑，電位傳到大腦時脫了序。

在某種程度上，世界是光所建立的，沒有光，一切的色彩與形狀都失去意義。色彩意味著反射出不同光譜的元素，光穿透角膜、泅泳在水晶體裡，而後顯像在視網膜上。視網膜裡的「視錐細胞」（cone cells）是理解光的基礎，它們既替我們將世界與視線的描圖紙對準，也替我們抓住色彩。正常的色覺狀態應該是「三色視」(trichromatic)，對紅、綠、藍三種基本顏色都敏感，而且能將它們適當混合為世界上色，就像在那個柔軟的水晶體裡，藏著一套完美的調色機器一樣。

不過，真正色彩的全然盲者 (color blindness) 很少很少，多數人只是色弱。我就是紅綠色弱，在 X 染色體上缺乏了部分辨色的能力，像來到世界時把某些色彩的行李箱忘在路上。

光沒有顏色，但它啟示顏色、點亮世界。有時候我想像著，從一億五千萬公里外那枚總是熱騰騰的恆星所傳過來的光，是如何在各種不同生命形式的「眼」裡，創造出一個個既相似又內化的獨特宇宙？而到底到底，是否有人能理解我紅綠色弱的眼所看出去的世界呢？

關於光，林布蘭在十七世紀就意圖捕捉，並且捕捉到過。據房龍那部「虛構」了一個祖先與林布蘭對話的《林布蘭的時代》裡，林布蘭發現「光」的經過，就像光的存在本身充滿著祕密的意味。少年林布蘭常和父兄在風車磨坊裡工作，當有陽光的日子，風車的轉動使磨坊內部產生奇妙的現象──在百分之一秒的時間裡，磨坊會失去光亮，而後光再次充滿。風以平穩卻不規律的速度旋動風車，形成一明一暗的節奏：風的節奏、光的節奏。我在林布蘭的畫冊裡看到過一幅「有風車的風景」版畫，那不規則的線條彷彿一種視覺性的風，輕輕吹動著存在於某個極度安靜時空裡的「父親的風車」。

林布蘭發現「光」的那天他正在風車裡注視著被捕鼠籠抓到的一群老鼠。風車旋動，光線明滅，他說：「突然間我感覺到這籠子不只是像我平日所認定的掛在光線或空氣中，而是由一大堆不同種類的空氣所包圍的，而且還有許多種顏色，黃的、藍的、紅的，還有一些我們畫家所用的混合色。我們用各種顏色來講故事，像另一些人用言語及文字來說故事一樣。

　　但那天的磨坊裡實際上是沒有顏色的，至少沒有我自小就熟悉的顏色。老鼠籠前面的光線與後面的不同，左邊與右邊的光線也不同，每種光線每一刻都在變。當然我所說的光線就是空氣，我真正的意思是充滿了我們房間、屋子及整個世界的空間——我們呼吸及鳥兒飛翔的空間。這時我突然有了一個意念，這個空間——空氣——是否真有我們所謂的顏色？而這顏色是否可用顏料表達出來？」

　　在不斷的實驗後，他發現自己漸漸能掌握「光」，他的畫中人從此以後能「真的坐在一個房間的椅子上，而不是靠在一個布景上」。而畫中的天使也看似「真的飛翔於天空中，而不是騎在一朵死板的雲上」。

　　林布蘭用色彩表達那不可見的「光」，那包圍著我們、想像中的存在，而又無法證明實質存在的物事。那形諸我們肉眼能力之外，那

空無一物,又點亮所有的流動祕語。

我非常迷戀一幅林布蘭在 1628 年的自畫像,青年林布蘭的眼神躲避在後斜面光的陰黯裡,彷彿某種意識的深井,讓人不斷追索而縋陷進去。為了畫出那一頭捲髮上散漫的光點,林布蘭用畫筆木質的尖端,將髮絲一一擦磨出亮點。

在林布蘭為數甚多的各種職業人物的肖像畫與聖經故事畫中,窗外太陽或燭火的光線總是以最溫柔的方式,讓骨骸肌膚底下的靈魂透出神采。他對提香 (Tiziano Vecellio,1485-1576) 掌握光與色彩的筆觸十分傾心,晚年畫風便愈來愈貼近提香,往往讓我們訝異「提香色」的重現。那似乎總是「未完成」的筆觸,使得油彩在畫上像隨時要流動起來——曾經在提香眼裡所燃燒的光,祕密地移轉到林布蘭的畫布上。林布蘭畫出了房龍所說的,「應該是無生命 (只不過是畫布塗上顏料) 卻有生命的物體。」那被光所潤澤的一切,在畫布上以「不會熄滅」的模式生存著。

我甚早就著迷於林布蘭畫裡的光,年少時寫過一首可笑矯情的詩叫〈疊影〉(一種把幾個影像疊在一起的暗房技術),裡頭有一句就是:「疊以那鋤了又生底林布蘭斜光」。

曾經極受貴族青睞的林布蘭晚年並不如意,他的「光」並不那麼

被人理解，略顯黯淡的色澤與保留筆觸的實驗，也不甚合乎當時荷蘭講求明亮節奏的審美風尚。將畫裡的世界視為真實世界，缺乏現實世界理財概念的林布蘭終於破了產，每天要投入十幾個小時作畫來追尋光與償還債務。

《林布蘭時代》裡被房龍安排來主述的「房龍醫生」說，林布蘭死前要求他唸一段《舊約》上雅各與天神摔角的故事。當房龍唸到「那人說，你的名不要再叫雅各，要叫以色列，因為你與神與人較力，都得了勝」時，林布蘭注視著他費了極大氣力才舉起來的手。曾經有各種油彩透過那雙手，在畫布上找到自己的位置，就好像那些色彩本就宿命性地該塗抹在那畫布上，而不是從岩石礦物裡提煉出來似的。林布蘭看著那雙手斷斷續續地複誦了最末一句，而後死去。

因為你與神與人較力，都得了勝，單獨一人，但最後都得了勝。

有時候我想，蝴蝶的飛行在生物學、物理學、經濟學……以外，必然還有某種屬於「光」的部分，既是那些學門所難以表達的，且不會隨著一隻蝶的死亡就飄逝的物事。這或者是我這些年在尋訪蝶的道路上，唯一認真地以為的物事。

文字是否也能像林布蘭的畫筆一樣捕捉那「光」呢？那在我眼底

流星蛺蝶

學名*Dichorragia nesimachus formosanus* Fruhstorfer，屬蛺蝶科蛺蝶亞科。翅色為墨藍色，散布白色斑紋。雌雄外觀相近。他是一種飛行速度快的蛺蝶，容易被腐果或動物排泄物的氣味吸引，雄蝶有領域性。雖然全臺都有分布，但越往南部數量越少，整體來說也不是非常常見的蝶種。幼蟲食草是清風藤科的山豬肉、筆羅子、綠樟等。(見彩圖一及本篇扉頁素描)

掠過的活生生的蝶，會不會在我以文字書寫時卻「死」在紙上，而成了另一種不得飛行的標本？我不曉得，所以行走，所以觀看，所以聆聽，所以書寫。

幸運的是，這些年來在各處走動時，偶然在意識上確實感受到某種「光」的隱喻。比如說，一個靜靜的午後凝視著一隻停在發出酸味的鳳梨上吸吮的流星蛺蝶。

2001年夏天七星生態保育基金會的林意禎教授與江孟蓉小姐跟我接觸，希望我能寫一本關於士林官邸的導覽手冊。我原本對人工化的花園有一種抗拒感，特別那裡曾是政治人物的「御花園」。但江小姐的話打動了我，她說，不一定要用介紹物種的方式導覽，我們希望能帶進另一種觀點，用比較文學性的方式導覽。

用文學性的方式導覽一個專制政體解禁後的御花園？這是否可能呢？

將近一年的時間裡，我大約每周或隔周來到這蔣介石過去的官邸花園，那排列整齊的園藝式花園的深處，有尚未開放的主建築，和一池七星生態基金會以「人的觀點設想其它動物觀點」所構造出來的兩公頃大的生態園。雖然設計者盡量以原生植物來營構，以吸引官邸後山的生物進入，但在接觸之後我才了解現實執行與想像必然存在著差

距。畢竟，來這裡的遊客多半還是純粹的公園散步者，他們視野性為雜亂，要求植物像小學的課桌椅排列得整整齊齊，厭惡蚊蠅，走在公園裡和走在捷運站裡的速度一樣快。這使得生態園必須使用某種「誘餌」，使得參訪者有觀察的聚焦點：放置腐果以吸引蛺蝶及鞘翅目昆蟲的餵食臺、偽裝的朽木、廢棄石堆、蝙蝠箱、等待鍬形蟲產卵的腐土木箱、管狀的「人工蜂巢」，以及用來做為誘蝶蜜源的外來種光葉水菊。

雖然那距離我想像的「人工自然生態園」有些差距，但在一回又一回的實際觀察裡，我也逐步理解到這些裝置至少透露出某種都市人的善意。生物研究者對生物的觀察與研究，成為某種「邀請」的基礎，這些裝置意味著相當程度對生物習性的「理解」才能設計出來。而一旦設計不當，生物們也會「拒絕」邀請，使得誘引裝置成為空洞的笑話。在每周一次的觀察裡，我漸漸發現一些生物接受了這種善意，生命對摧毀牠們生存環境的人類，並不存在著絕對性的敵意。

就在那個距離士林夜市只有十分鐘路程的所在，我曾經遇過之前僅看過數次的三角蜻蜓與彩裳蜻蜓，而第一次，毫無懷疑地見到流星蛺蝶。(那之前在野外有好幾次，我都無法辨識急速飛過的是否確實是流星蛺蝶。)

三角蜻蜓
Rhyothemis triangularis Kirby

彩裳蜻蜓
Rhyothemis variegata arria Drury

2001年6月18日的午後,放了兩三片鳳梨和數枚蓮霧的木製餵食臺上,兩隻青銅金龜、一隻金豔騷金龜,還有我從來沒有在野外拍攝過的一隻黯黑色的蛺蝶正沉醉於那酸腐的美味。他步行在鳳梨上,伸出長長的口器,彷彿在檢視某個受傷的心靈。

　　流星蛺蝶有時看來是一種近乎「黯淡」的蝶種,有人稱為「墨蝶」。我以為他從「墨」轉為「流星」的關鍵在於「光」。在一定的角度以閃光燈打上翅膀的瞬間,他的深藍色翅會瞬間發出近乎天啟的藍紫色光。在那時,冰凍的氣體微塵與大氣層撞擊,燃成流星。

　　蝶在生物分類學上屬於「鱗翅目」(Lepidoptera),這個詞在希臘文裡就意味著「覆蓋著鱗狀的翅」──蝶與蛾的翅膀上細密地排列了繁複的細微鱗片組合。根據威斯康辛大學一組生物學家的研究,蝶翼的形狀取決於無翅基因(apterous)與弧邊基因(invected)的共同作用,而蝶鱗所排列出來的圖像,「草圖」早已隱藏在無末梢基因(distal-less)裡。也就是說,在蝶的精卵相遇那一剎那,蝶翼的畫作已為完成。

　　蝶翼上的色彩是由「類黃酮」所調出,他們從攝取的食草裡獲得這種「顏料」。部分蝶鱗不具化學色,而是藉反射光線來呈現物理

色。研究者在顯微鏡下所看見的蝶翼，上頭的鱗粉皆是一個個高約 $2\mu m$(微米，$10^{-6}m$) 的細條板狀物，彼此間隔約 $0.7\mu m$ 規則地平行排列，兩側則呈現類似腎蕨葉片狀的微小突起。光線照射時，大部份的入射光進入隙縫內，特定波長的光則在內部光子晶體突起處不斷地反射、折射、繞射，引發了帶著寓言性的色彩。而當我們從不同角度探望的時候，光與光子晶體的夾角發生改變，我們眼裡所接受到的色彩電位也隨之改變。

　　蝶翼的鱗片也涉及熱能的吸收，因此那些色澤與鱗片的反射，相當程度地意味著蝶的習性與他們生存的需要──深色有利吸熱，淺色則能反射高溫的陽光。蝶翼上的畫作並非全然的「自由風」，那有時是一種與自然環境協調的默契(如枯葉蝶偽裝為葉)，有時是為求與其它蝶間的辨識，有時卻是為求與其它蝶間的混淆(如無毒的斑鳳蝶擬態青斑蝶)。我們眼裡所謂的「繽紛」，在蝶的語言裡應該譯為「求生」。

　　蝶的肉身不只關乎美學，也關乎愛情、鬥爭、生存與演化寓言。而我貧弱的文字該如何才能重現蝶翼上所展示的光之隱喻呢？

　　幾回遇到流星蛺蝶時，都是獨自一人，偏偏我在舉起相機的同

時，有大喊「來看流星」的衝動。流星對多數人來說隱喻著願望的「不易達成性」與「不可捉摸」，對我來說，那是某種值得收藏到心的抽屜裡，沉靜地在那裡等待到某個時間點再被打開細細檢視的物事。

當流星蛺蝶闔上翅膀，像砰然一聲關閉了一本書，而我的心神被夾在那一頁。他堅決不顯露飛行的預備動作，就要你意外、要你惋惜、要你像初戀一樣，彷彿他的離去就是整個世界的離去。

對我來說，蝶的色彩在我眼裡肯定和「正常人」有些差異，而蝶所看出去的世界又是什麼樣的一個世界？這問題太難，也太複雜。那關乎生物生理學、生物行為學、光學、色彩學，甚至，形上學。

成蝶頭部的半球型複眼是由許多六角形小眼所構成的，每一枚小眼各自有各自的角膜和感光區，小眼與小眼間以色素細胞分隔開來，另外也有獨立的單眼，但主要的視覺來自兩枚複眼。複眼裡每枚小眼都能形成一個區塊的視覺影像，因此蝶所看見的世界便是由每一小個小眼的影像所嵌合而成的。他們所感應到的光的波長比人類少，能看見的色彩不如人眼豐富，卻能偵測到人眼所不能見的紫外線。

發現蜂舞的知名生物學家卡爾‧馮‧弗里希 (Karl von Frisch) 曾經以蜂的紫外線視覺能力作了一個逆推式的假設——他猜，蜂靠這紫

外線來尋花。印證的方法是以對紫外線感光的底片拍攝花,結果,他看到了之前未曾見過的「光」的線條。在那些白、紅、黃的花瓣上,點綴著許多人類肉眼不可見的紫色斑點和條紋組成的圖形。蝶與蜂的視感一樣,他們被那人類所不能見的紫色線條深深吸引(當然也使他們墜入會反射紫外光的蛛網陷阱裡)。顯然,那些花朵並非僅僅為了詩人們的歌詠而生,他們似乎也知道誰才能為他們授粉,誰才是他們要勾引的對象。

蝶也和所有飛行生物一樣,那複眼具有良好的快取能力,具有高度發達的「動態視覺」(Dynamic Vision)。因此,雖不像哺乳動物的單眼具有清楚細膩的解析度,卻能夠看見快速移動的物體,這使他們在飛行時,能準確地穿過各種障礙物。

人類設計的攝影機現在已具有拍攝紫外線,並具有相當精細的影像快取能力。但,透過紫外線的辨識裝置或攝影機,是否我們就能擬仿蝶的視野?

世界不僅決定於感官,也決定於心靈。即使是相同的視覺構造在同樣的空間觀看,由不同的眼看出去的,必定是不同的世界吧。就像《猶太法典》(*Talmud*) 裡說:「我們並不是按照事情的本質去看事情,

而是按照我們自己的本質去看事情」。

我們自己的本質。

人類視覺雖然是透過光的刺激，形成電位傳送到腦而成立的，但那物理層面的觀看外，「心理層面的視覺」同時在進行。根據研究顯示，視覺需要經過「學習」，如果一個孩子從小被置放在只看得見曲線的環境，那麼他對直線將失去引發神經衝動的視覺感應。另一方面，觀看者的認知、文化背景、周遭的環境，乃至於性格與情緒，共同決定著影像的成形。看，不只是 look 或 see，而應該像柏格 (John Berger) 所說的，視覺是一種景象 (a sight)、一種檢視 (survey)。眼睛在光中逡游，選擇性地注視或遺忘，而後「看到」世界。(或者說，「建立」世界。)

在造林者眼裡，「山豬肉」或許是一種「雜木」，但對流星蛺蝶來說是豐美的田園，解除生之饑渴的綠泉。對一般人來說，流星蛺蝶或許不過是一種特別美麗的蝴蝶，但我寧可說，那是造物主美感天份的展示、一個靈魂的象徵，一種光。

或許，某種一直存在心底的對流星蛺蝶的期待，也加深了我見到他的震動。在臺灣蛺蝶亞科裡，「流星」與「閃電」(閃電蛺蝶) 這兩種蝶在賦名上，一直給我某種稍縱即逝的，彷彿青春同義詞的想像。

> #### 紫單帶蛺蝶
> 學名*Parasarpa dudu jinamitra* Fruhstorfer，屬蛺蝶科蛺蝶亞科。翅色為黑褐色，前後翅有一道直向的白斑，白斑在前翅端呈「Y」字型，翅腹面是一種像水彩渲染的複雜色澤。雌蝶翅形較圓。臺灣各處皆有分布，是常見的蝶種。幼蟲食草為忍冬科的金銀花、紅星金銀花、阿里山忍冬等。(見彩圖二)

而我現在，正是在逐步失去青春體溫的年紀。

第一次在官邸外遇到流星蛺蝶是在菜公坑山的步道。那天我在菜公坑山頂的「反經石」上看著被風送上樹冠層，或以樹冠層為空域領地的蝴蝶們：端紅粉蝶從山的另一頭浮上，從這頭降下小觀音山間的谷地；烏鴉鳳蝶突地從林間竄上，而後又急急地潛入，彷彿飛旋海豚；紫單帶蛺蝶時而飛上來追逐路過他領空的一切飛行物，青斑蝶和小青斑蝶則以放鬆的姿態隨風飄動；而當柑橘鳳蝶出現時讓我遐想「這會不會是傳說中的金鳳蝶」？比較讓我驚訝的是黑點粉蝶，印象中飛行能力較差的他們總待在林緣下層。不過風無所不能。

我走下反經石，準備探看一下紫單帶蛺蝶的領域時，發現一株山櫻枝上停著那小小一處墨色的夜空。我興奮地拍了一張照片，然後流星蛺蝶就因紫單帶蛺蝶追趕而隱遁到林地去。這株山櫻是紫單帶蛺蝶選好等待雌蝶的制高點，他不容許一切沒有釋放愛情激素的飛行物飛過(包括漫天飛舞的綠點苔蛾與經過的長翅麗燈蛾)。紫單帶蛺蝶顯然忙碌不堪，在求偶婚飛之前，他的氣力統統用來驅逐這些過路客。

不過我知道流星蛺蝶也看上這裡，他不會輕易放棄。果然大約三分鐘後他又出現，再次選擇停在山櫻枝上，再次被紫單帶蛺蝶追趕。

兩者皆是高明的飛行術士，彷彿一道褐白交錯的閃電追著一道深藍色閃電。

我在那裡整整停留了將近一個小時，等到兩隻流星蛺蝶，其中一隻翅膀毀損嚴重，而我拍的那隻則應該羽化不久。前四十分鐘我不斷追隨著時隱時現的流星運動（就像堅守領域的紫單帶蛺蝶），後二十分鐘則不見他們再從斜坡林子裡出來。流星隱遁，或許是正午的陽光愈發熾烈了吧。不過路旁的麗紋石龍子倒是很享受著讓他體溫升高、四肢舒展的春陽，長翅麗燈蛾則閃動著他們鮮豔的黃色下翅，旗幟招搖。

我的文字是絕不可能重現看見流星蛺蝶的震動的。他們太輕盈、太迅捷、太抽象、也太像「光」了。他們不只是鱗翅目蝶亞目蛺蝶科下的一種，不只是具有六足，吸管狀口器，攝食山豬肉的一組蛋白質——我又要囉唆一遍，這是我這幾年來與蝴蝶交往唯一所知的。我私下非常不科學地以為，他們必然有屬於「流星蛺蝶的世界觀」，包括美的標準，以及激動、緊張或和緩的情緒。他們看出去的世界必然與我不同，也與大紫蛺蝶、長鬃山羊不同，他們有屬於他們所懼怖的、喜好的、迷醉的。

（有天，可以說給我聽聽嗎？）

而流星蛺蝶翅膀上依循著某種基因規律所構造的流星圖像，則啟示了我某種實質與抽象的「光」的存在。那翅所展示的除了生物學、經濟學、力學或動物生理學外，還可能意味著「啟發」——生命對人類心靈啟發的幽微之光。那光曾經化身在狼的身上，啟發向狼開火，注視著將死之狼眼中綠色火燄漸漸熄滅的李奧波 (Aldo Leopold)。那光讓他明白「狼減少意味著鹿增多」的想法，狼不會同意，山也不會同意。那光也曾化身為雪松，讓迪勒 (Annie Dillard) 感到她為此而活，為一個時刻而活，讓她激動地「站在全是火的草地上」。

　　在士林官邸遇見流星蛺蝶的經驗則讓我理解，所謂的「人工化自然」，如果沒有自然本身的參與，就根本不可能成立。關於自然，我們能模仿局部的局部，並無法創造全部。但人類本身也是自然的一員，我們所改變的世界，不需以回歸荒野為唯一的依歸，但至少至少，可以在進行任何「改造」自然的行為之前，把其它生命考慮進去。比方說，將步道稍稍架高，讓印度蜓蜥可以不必時時被腳步驚擾；比方說，在屏鵝公路架一座高架橋，讓擬相手蟹降海繁殖時，不必帶著被來往車輛輾斃的悲壯；比方說，種一株路樹時，考慮是否能讓都市裡的其它生命共享。

　　這種「感性之光」，要透過我們對生命與自然的科學性認識，慢

慢貼近其它生物生活模式的思考，並藉由這些研究的「理性之光」，去摸觸到生命更深層的柔軟質地。

就像林布蘭在各種筆法與顏料的「具體實驗」中，逐漸掌握光的天啟。

我唯一看過的林布蘭的原作，是收藏在紐約大都會博物館裡的「亞里斯多德凝視荷馬胸像」(Aristotle Contemplating the Bust of Homer)。

畫裡的亞里斯多德(Aristotle)，以疑惑又帶著了解的矛盾目光看著荷馬(Homer，約西元前九世紀)的半身雕像。雖然雕像並沒有具體勾畫出瞳孔的焦點，但感覺上荷馬正回應著亞里斯多德的眼神。光從左側略高的位置透過來，流質似地淌在亞里斯多德衣服的皺褶、堅硬又寬容的輪廓、華麗的金飾上。彷彿兩位先知的眼神交會處形成了某種發光體，漸漸暈散到當時觀畫的我的身上。

在那個科學與哲學未截然畫分的時代，亞里斯多德既是哲學家，也是一個生物學家。早在西元前347年，他受赫米亞斯(Hermias)的邀請到位於小亞細亞海岸的阿索斯(Assos)，充當赫米亞斯的顧問，之後又移居列士波斯島(Lesbos)上的米提勒涅城(Mytilene)。就在那島

城上,他進行了細膩非常的生物觀察記錄。從那些觀察裡,他漸漸了解宇宙萬物不被神以及幻術所控制,而是遵循著某種規律的動態。他判斷萬物聚合自地(土)、水、火,風(空氣),並依此提出初步的分類學——建立在「熱與冷」、「潮濕與乾燥」的尺度上。

只不過,他將生物位階視為階層性,就像百貨公司井然有序貨架上的貨物。他以為各種生物不會演化,就像活在一個冰封的時空裡,以不變的「原型」活在理性世界的某個固定階層上。

不過亞里斯多德可不是永遠那麼理智到不近人情。在讀到他的《動物志》(*Historia Animalium*) 的時候,最令我印象深刻的不是裡頭對生物構造的細膩描寫,而是他時時以溫暖的口吻與各種生命對話,甚或,與一具屍體對話。他解剖人體觀察上腔與下腔靜脈的結構時,想起那「脈絡」,荷馬在《伊里亞德》(*Iliad*) 裡也曾經提到:

(當索洪轉身的一霎,安底洛戈
的標槍)直穿他的後背,
槍尖戳破了從脊樑到頸項的
血管,予以狠毒的創傷。

那血淋淋的解剖場景與殺戮畫面裡，亞里斯多德以殘酷的詩意，對生命進行著某種探看(像縋到那死亡最深的井底，還冒著活水的深處似的)。

　　早於林布蘭一百多年，短命卻成就斐然的拉斐爾(Raffaello Sanzio，1483-1520)也曾畫過亞里斯多德。他在梵諦岡簽字大廳壁畫中心創作的「雅典學院」(The School of Athens)裡，呈現的是一幅隨興又激烈的哲人辯論圖像。壁畫的正中央，柏拉圖腋下夾著「蒂邁烏斯篇」手指天空，亞里斯多德則拿著倫理學手指向前。當柏拉圖追求那超越物質的純粹理型時，亞里斯多德彷彿在說：

　　看。用你的感官，像嬰兒一樣好奇。真理與知識來自大地。

　　由於色弱的緣故，後來我很少使用沒把握的色彩畫畫。因為小時候畫畫時所用的色彩「異於常態」，而被同學跟老師嘲笑過太多次了。其實色弱的我還是分得出顏色的，不過是混亂一些，像纏在一起的彩色縫衣線。日後我在觀察蝴蝶時，自己想像了一種脫去色彩的辨識法，或者說傾向一種直覺辨識。有時候，我以為辨識蝶與蝶之間的差異性，並不是依靠色彩，而更接近於辨認每個詩人風格之類的直覺物事。

蝶翼的風格,詩化的風格。

所謂的「光」,大概以各種「詩化」的形式存在吧。那決定於是否凝視者凝視了物質規律外,也凝視了那不規律的,超越可計量價值的祕密存在。

只不過,詩與偽詩大概是世界上除了善惡以外最難分辨的東西了。偽詩就像記者只靠聽聞「目擊者」所寫出來的報導,或強迫感情的創作一樣,可以在那裡面,嚐出人工味精的味道。我們從來不必擔心「偽詩」會消失,那是在任何時代與空間,都會被大量複製的物事。該擔心的是,詩確實在這個結結實實的資本主義機制社會裡,漸漸石化了。舉凡學者、詩人、廣告商,乃至宣稱自己所賣的雞排最好吃的小販,甚至,宣稱「保育」的一些活動,都可能在製造偽詩。

當保育已在這個社會形成一種道德上的「普遍認知」時,行動本身的深層意義就該被關注。比方說海洋館進口白鯨,訓練他們雜耍宣稱是一種「保育教育」,那是否有天我們也可以「進口」剛果原住民來進行「人類學研究」?我以為,在那座對白鯨來說絕對狹小的水槽裡,囚禁的永遠不是白鯨,而只是「白鯨的影子」。誠然部分動物園與某些單位應該進行繁殖的工作以為野生動物的基因儲存庫,但當報導只聚焦在小白鯨的「訓練」課程時,總讓我在那些被稱為「可愛」

的動物眼神裡理解到早熟的悲傷。

而我一直以為，此地的人與自然間，應該建立一種「詩化」觀點。那不是擔憂破壞食物鏈最後會影響自身，不是破壞環境後某種科、目下會少一種「珍稀動物」，不是恢復什麼蝴蝶王國的荒謬榮光（那些蝴蝶，哪裡是為了「恢復蝴蝶王國的榮光」而飛行的呢），而是為了某種只有存在活生生，一代又一代延續下去的流星蛺蝶、寬尾鳳蝶、大紫蛺蝶身上才可能見到的野性之光。當然，我承認那陳義太高，我也願意接受「詩」與「偽詩」並存才是常態。全然詩化的世界將失去利益競爭所勾引的生存慾望與虛榮感，或許反而違反人性也不一定。因此，我漸漸學著適應在生態園裡以餵食臺吸引昆蟲，引導人們「親近」生物的現象。畢竟，這至少是一種「無害」的作法。

但在那同時，我們也必須提醒孩子，餵養流星蛺蝶的是森林，是一株山豬肉，可不是餵食臺裡的一片腐鳳梨。

偶爾我會帶著姪子們到市郊的「半自然」公園走走（或者說應該叫「半野地」比較準確，因為人造物也是自然的一部分），當我指出一隻華麗的蝶給他們看時，有時其實不是為了告訴他們蝶的名字，傳遞什麼知識或保育觀念，而是我自己想要看到孩子們看到異種生命時眼底突然放射出的，微微顫抖的光。沒有了那些「光」，這世界可能

會一點一點地逐漸失溫而黯淡下去。

趁著有光,請趁著還有光。

在寂靜中漫舞

Dancer in the Soundless

> 假使我們沒有雁的音樂也能活下去．，那麼，我們大可以不要星星、日落或伊里亞德。問題是，如果我們真.的不要其中任何一者，我們將成為傻瓜。
>
> 李奧波(Aldo Leopold)，《沙郡年記》(*A Sand County Almanac*)

> 一個學習孤獨的人先得有雙敏銳的耳朵。
>
> 北島·〈夏天〉,《藍房子》

一

　　教宗朱力阿斯二世邀請拉斐爾 (Raffaello Sanzio) 為梵諦岡宮的簽字大廳畫壁畫的那年，畫家二十五歲。年輕的拉斐爾在大廳四面各畫了四幅壁畫，分別是「聖禮之爭（或稱教義之爭）」（神學）、「雅典學院」（哲學）、「巴那斯山」（詩學）以及「三德」（法學）。神學與哲學相對，詩學與法學相對。神聖的殿堂，需要神聖的神學、哲學、詩歌與法學來襯托。

　　拉斐爾的素描習作，有一種「米開朗基羅風」，人物肌肉結實（美好的肉體），神采停留在某種神祕的情緒上（美好的靈魂），幾幾乎乎是抓住了將動未動的一瞬。彷彿上一個動作剛完成，或是正準備進行著下一個動作，怎麼說呢，就好像畫筆定住了「思想驅動動作」的卡榫似的。

　　也因此，他的畫中人物都有一種「吞吐」的神情，好像正準備講一些話，又好像才發表完長篇大論，行將蜷縮進冥思的凹洞。

　　在「雅典學院」(The School of Athens，1510-11) 裡，拉斐爾像把畫裡的人物「分組構圖」。背景建築物兩側各有一個巨大的雕像，左邊的是日神阿波羅 (Apollo)，右邊是智慧女神雅典娜 (Athena)。畫中央以柏拉圖 (Plato，約 427-347BC)，與亞里斯多德 (Aristotle ，384-322 BC)

這兩位師徒為中心；阿波羅底下，柏拉圖的老師蘇格拉底(Socrates，約470-399 BC)和一群青年談論著什麼，穿著軍服的馬其頓王亞歷山大(Alexander，356-323BC)也在其一。最左側那個頭戴葡萄葉冠是以享樂主義為思維基礎的伊比鳩魯(Epicurs，342-270BC)，靠近觀畫者視線捧著一本大書的是創立「畢氏學派」的畢達格拉斯(Pythagoras，約580-500BC)，在他後面頭纏白巾的是重新詮釋、統合了亞里斯多德與柏拉圖思想伊斯蘭教哲學家阿維洛伊(Averroes，1126-1198)。他們的右側有一個少年為他扶著那塊著名的木牌——樂律的原理。坐在台階上，肘部支在一張石桌上書寫的是那個認為世事在對立中相生變化，並時常為人們的愚笨哭泣的赫拉克利特斯(Heraclitus，約535-465BC)。

靠雅典娜這頭，斜躺在第二階上的，是過著清苦與自我放逐生活的犬儒派代表第歐根尼(Diogenes，約400-325BC)，再過來一點彎著腰，手執圓規量著一個幾何圖形的是歐幾里德(Euclid，約330-275BC)，幾個人像在聽一堂幾何學課。再右側一點的是拿著天文儀是創立祆教的瑣羅亞斯德(Zoroaster，約628-551BC)和拿著地球儀的天文學家托勒密(Ptolemy，90-168)，面對畫面的是前者，後者只見背部。

不同時期、不同立場、不同的聲音在拉斐爾的引導下，看似靜謐地被封印在熟練溫暖的筆觸裡。但觀畫愈久，那阿波羅與雅典娜守望的

宮殿，竟爾發出無數熱烈、激昂的叫喊。聲音在那畫裡的空間交鋒、交談、交流，飄動在那些各自以自身的姿態靜立於二維畫面的哲人之間。

他們在談些什麼，談些什麼呢？

二

對常接觸自然的人來說，世界從來沒有安靜過。她總是充滿著各種尖銳、低沉、歡呼、呻吟和對話。

「寂靜的夜」的說法，其實是一種聽力遲鈍甚或喪失的警訊。如果你站在棲息有白頷樹蛙的林邊就知道，難以想像蛙類會發出這般「達達達」的鳴聲，簡直就像打地基的鑽地機一樣。臺灣騷斯和臺灣擬騷斯在前半夜持續以高亢的熱情紡織，鈴蟲和各種蟋蟀的雄蟲不能忍受聽到其它雄蟲的曲子傳得比他更遠，他們使盡全力磨擦翅上的發聲器發出聲音，寄望著傳到雌蟲位於前腳脛節的鼓膜與導音器裡，那幾幾乎乎是一種愛的嘶喊。

聲音是難以用文字形容的感官經驗。有時我走在夜的小徑上，為要怎麼跟沒聽過的人形容某種聲音想得快發狂。比如說拉都希氏赤蛙，第一次聽見時我一直以為是身上的攝影背包某部分磨擦所發出來的，後來才發現是這些腹部以下浸在水裡露出頑皮眼神小傢伙的鳴聲。我

臺北樹蛙

Rhacophorus taipeianus Liang & Wang

　　常常覺得快要想出那聲音「像」什麼,但就是想不出來,直到有一次我腦中出現這樣的畫面——公園老人用來運動手腕的健力球。對,拉都希氏赤蛙的聲音就像兩枚健力球輕輕地連續撞擊聲。

　　而關於臺北樹蛙,我乾脆抽象地說那是「衰老秋季」的聲音,那音波會打動你腦中憂傷的突觸,改變神經遞質,刺激淚腺。意圖形容蛙類的鳴聲有時候可以視為一種想像與語言文字能力的訓練,也是一種把蛙的世界和自己世界建立連繫的方式,會產生了我們共居同一枚星球的親切感。

　　鳥類則從日神的馬車還未奔出世界前開始啼鳴。所有的「鳥人」都知道,識鳥首要識鳥聲。在那些長了翅膀的,空間概念遠遠超越我們的妖精生物面前,要窺探他們需要經驗也需要運氣。但聲音不會隱瞞,對這些空中生物來說,音波才是最主要的溝通工具。遷徙中的候鳥在幾千呎的高空上,有時飛入目視不能得見的雲層,只有聲音可以穿透,往無形航線的前方與後方傳去,鳥兒們彼此應答,確信自己不是孤獨的飛行者。

　　聲音也是鳥除了羽色以外求偶的途徑。在鮑德斯沃斯 (Fred Bodsworth) 那本描寫已絕種愛斯基摩麻鷸的動物小說——《最後的麻

鷸》(*Last of the Curlews*) 裡，如此描寫雄麻鷸對雌麻鷸的求偶歌唱：

> 一天中數度，公麻鷸熱火朝天地表演求愛行為。現在的表演比早前的都熱烈。開始公麻鷸突然彈上空，停在空中猛拍翅，唱著清晰、滾轉的求愛歌⋯一種比年中其他時候的鳴唱更甜美水蜜的歌調。幾秒鐘後牠的雙翅更激烈地拍打，直線升空，雙足長長拖在後面，直至離地兩百呎左右；在那裡牠又停著猛拍翅，唱得更大聲，傳達給地上的母鳥聽，母鳥此時在下面也點頭吹哨，興奮異常。然後公鳥收合雙翅，直線調落她面前數呎之上，然後偏離她到數碼距離外落地。

那「甜美水蜜」的歌調，不幸就只收錄在鮑德斯沃斯的文字裡。因為可能在數十年前，最後一隻愛斯基摩麻鷸就已死亡，世界少了一種聲音。

而生態學上，失去鳴禽、大型動物的狀況被稱為「寂林症候群」(silent forest syndrome)，走在其間我們不再對陌生的聲音感到好奇、張惶與興奮。寂靜之林是一片失去想像力的荒域。

有時候在自然界，死亡也會發出聲音。比方說蛙類由於生存在敏感的濕地，牠們交換氣體的皮膚便常把一絲一點的污染毒素帶到體內（水

是各種毒物的最佳溶劑)。澳州研究者藉畸變的蛙來了解污染的程度,安靜的水域也就是黑帝斯的疆域。各種蜻蛉目的幼蟲或螢火蟲的幼蟲也被視為環境警報器,他們靜默地以軀體作為暗示,但只有打開悲憫之耳的人才能聽見。

對許多性格柔軟的自然觀察者來說,自然的音響不只是音符,而是啟蒙,是造物主湊進耳朵旁的神祕低語。洪素麗認為鳥叫比「寺廟中早課與晚課的鐘聲齊鳴的唸經聲更醒人耳目,更有一番道場說教的異趣,令我知覺到人生的簡單、清晰與美妙」。劉克襄在早期的一篇〈在固定高度流浪的雁〉中說雁的啼鳴,「傳達你遠遠的蒼涼」。而李奧波(Aldo Leopold)則說南歸的雁總是向整座城市演奏小夜曲,「喚醒了無以名狀的疑問、回憶,和希望」,「或許還有另一群雁曾讓耕作中的農夫停下來,初次想像遙遠的地方、旅行和人民……」。

喚醒了無以名狀的疑問、回憶,和希望

傳達你遠遠的蒼涼

我想我必須承認,自然界的聲音不盡然都是「優美」的。夜晚昆蟲的鳴聲有時令人倍覺孤寂荒涼,不知名哺乳類的吼聲讓人懼怖,而部分鳥類的叫聲彷彿嘲弄。但當我們認得的聲音愈多,那寂寞、恐慌、嘲弄

也隨之降低，陌生變成「朋友的招呼」。(不過，恐懼可能還在，那是好事。在自然裡，我們必須學習恐懼，並且珍視恐懼)

而不論日夜，當我走在慢慢只聽見喘息聲的路上時，都有一種沉入自己的身體的感覺——沉入泥沼地，用腳尖試探那靠不住的立足點，呼吸漸漸和風聲、蟲鳴、鳥叫有了一種不算協調的默契，我是大地，從地上發芽的一朵耳。

聲音是呼喚是想像是擺動是震盪是韻律是陳訴，它從空氣傳到鼓膜、打動槌骨、砧骨和鐙骨，穿過耳咽管，喚醒耳蝸、前庭、半規管，然後引起毛細胞化為電衝動滲透到聽神經撞擊大腦聽覺皮層區，而後流到每支微血管。

聲音必然流過心。所以李奧波說：「假使我們沒有雁的音樂也能活下去，那麼，我們大可以不要星星、日落或伊里亞德。問題是，如果我們真的不要其中任何一者，我們將成為傻瓜。」

聲音無法「人造」，所有會發出聲音的原始物質都來自土地。即使是阿姆斯壯 (Louis Armostrong) 小喇叭的金屬，艾文斯 (Bill Evans) 琴鍵的木材，史坦・蓋茲 (Stan Gatz) 薩克斯風裡吐出的一口氣，都是蓋婭的血液、骨骼與呼吸。

整個地球是一個巨大無匹的神笛，所有生物在那笛子的魔音下成住

壞空，再成住壞空，然後成住壞空。

三

　　人類的重要聽覺器官集中在內耳，那狹窄的管道裡藏著耳蝸、前庭和三個半規管，管內充滿細微的淋巴。在人類學研究上，呈C字形的半規管被視為是「人屬」以直立行走的重要證據，因為它們比猿類同樣的器官大得多，能夠支援「直立」所需要的平衡力。在那個狹小的，只占人體軀體極微小一部分的內耳裡，上帝(如果你不信上帝，就叫自然的意志吧)展示了祂複雜如謎的創意。那微小的內耳管道繁複，有人便稱那叫「迷路」。

　　在科學研究上，所謂聽力的敏感與否，便是取決於聲音進入聽器時「迷路」的多寡。對人們來說，嚴重的聽障(損失71至90分貝)會有面對面交談的困難，也會導致發音的偏差。深度聽障(損失在90分貝以上)勢將影響語言發展，必須戴助聽器或倚靠唇語，可是，手語的語法句法和口語不同，因此深度聽障通常伴隨著語言障礙。

　　嚴格來說，醫學上完全喪失聽覺的例子不多，再嚴重的聽力障礙者都能辨識出一些聲響。只是聽障者所聽到的世界，就像耳機音量微調開關被調高了電阻一樣，聲音流過耳細胞神經的過程中流失了，像整個瀑布的水量被引到吸管，到最後在大腦聽覺區叩門的，只剩一道細流。

在寂靜中漫舞　55

聲音迷路。從世界要流進來的聲音，迷路到不知名的所在。

過去醫師使用人造耳蝸 (cochlear implant) 來刺激聾人的聽覺神經，但對失聰已久，細胞也失去音響感受力的人來說，人造耳蝸的效用有限。最近我從新聞上看到英國布里斯托大學 (University of Bristol) 的賀里教授 (Matthew Holley)，正在研究一種以製造耳細胞來移植的新手術。這手術可以讓新的細胞，重新把喧譁的世界傳到大腦皮層的聽區。

不曉得對陡然接觸到聲音世界的聽力障礙者來說，會不會像在寂靜咖啡店裡喝著 espresso 時被突然調高的音響嚇一跳？

有時候不是聲音迷路，而是我們刻意「選擇」聲音，或「拒絕」聲音。詩人北島說：「一個學習孤獨的人先得有雙敏銳的耳朵」。這話不像是要「學習」孤獨，反倒像是害怕孤獨了。因為害怕孤獨，耳朵就尖了，把所有細瑣的聲音，都當成了對自己的呼喚。

因此孤獨的時候，有時會誤以為全世界都在向你詰問辯論訴說。

四

有時候我覺得有點遺憾，這些年來在野外行走，最關心的蝶卻是道道地地的啞子，他們連飛行都如此安靜，如此安靜。雖然蝶振翅時必

雙尾蝶

學名 *Polyura eudamippus formosana* Rothschild，屬蛺蝶科蛺蝶亞科。翅正面像粉蝶般布滿淡黃色的鱗粉，翅緣有紫黑色斑，雄蝶在下翅有灰黑色緣毛性徵，有兩條尾突(雄蝶平行，雌蝶向外開)。翼形兼具纖細與華麗，飛行快速。雄蝶常在濕地吸水，展翅約6-7.5cm。幼蟲以豆科的疏花魚藤和臺灣魚藤為食。(見彩圖三)

會產生聲音，但人所能聽到的振翅頻率範圍在每秒二十至二萬次，而蝶的振翅則在每秒五至六次間，對人的耳朵來說，蝶的飛行安靜繁複如凱奇 (John Cage) 的「四分三十三秒」。

無形的指頭在琴鍵上滑動，時間運轉，寂靜舞者飛近，你只能瞟到感到或領悟到。

我聽不見蝶，而蝶聽得見我嗎？一開始接觸蝴蝶的時候，拍照時都會和同伴互相把手指放在唇上，似乎不交談就不會驚擾蝶似的。但事實上，許多蝶還是在我移動的瞬間飛走。我一直以為，自己的腳步聲被「聽」到了。

有回我在陽明山的湖田附近，發現一隻停在柏油路上的雙尾蝶。我趴在地上取得與他平行的視角後緩慢前進，拍了幾張照片以後再原路退回，然後就跟那天帶我們走魚路古道的呂理昌老師聊了起來。聊得興起，一旁的幾個朋友也加入談天的行列，直到我們進去路旁的一家野菜小店吃飯，那雙尾蝶還是停在原處，就像享受著下午茶的紳士(事實上，他那時正用黃色口器在吸著路上的水)，過分耽溺於沉思與吸吮，對周遭一無所聞，對我們的高談闊論感到鄙夷。

後來在我閱讀一些關於蝶的研究資料，才知道蝶對音波的震動並不算敏感。相較之下，蛾類需要感應聲音以在黑暗中辨識方向或避敵，

因此具有敏感的聽覺。我讀過一篇堪塞斯大學昆蟲學教授 Dr. Orley R. 研究大樺斑蝶聽覺的文章說，聲音對蝶來說缺乏訊息的利用性，他們既不以聲音求偶，也不以聲音避敵。他從以聲音誘引反應的實驗裡判斷，蝶的幼蟲對聲音還算敏感，他們以身上的聽覺毛來感覺音波的震動，並搖頭擺腦地擺出威嚇的姿態。但成蝶雖然也能感應到震動，反應卻不強烈。也有部分蝶類專家認為，蝶可能是以前翅的血管來接收音波的震動。據此，在《不可思議的旅程》(*Incredible Journeys Featuring the Worlds Greatest Animal Travellers*) 描寫大樺斑蝶的尼格・馬文 (Nigel Marven) 說：

如果這是真的，她一定聽得見三公尺外一些世上瀕臨絕種的鳥所發出的「讓血管都要破裂」的聲音。

不過，產於中美洲的絲角蝶總科 (Hedylidae) 的蝶，確實在翅膀上具有一對聽器。

蝶是原先活動在夜晚的鱗翅目昆蟲所演化出來的一支，但為什麼會產生這樣的演化，讓蝶這支族群拋棄夜的籠罩，則是一個謎。渥太華卡林頓大學 (Carleton University in Ottawa) 的珍妮・耶克 (Jayne Yack)

與多倫多大學(the University of Toronto)的詹姆斯・福勒德(James Fullard)教授對絲角蝶聽力的研究，提出了一個大膽而有趣的設想。

他們從絲角蝶的身上「聽」到了某種啟示。

產於中美洲的絲角蝶科是一種在夜晚活動的蝶，臺灣並沒有這科的蝶。我在網上查閱各種絲角蝶科蝶的照片時，發現那是一種比捲蝶、蛇目蝶在外型上更像蛾的族群。他們有絲狀帶毛的觸角、色澤黯淡、翅型狹長。(臺灣由於沒有絲狀觸角的蝶，因此一般書籍都教我們以觸角形狀分判蝶與蛾：蝶的觸角是棍棒狀的。)

這種蝶具有像許多蛾一樣的「超聲納」(ultrasonic sonar)聽器。只不過，尺蛾總科(Gemetroidea)的聽器常位於腹部，夜蛾總科(Noctuoidea)的聽器位於後胸，絲角蝶的聽器則是位在前翅上。

蝙蝠視力極差，但他們藉著發射高頻音波的回震來「看」與定位。這種超聲納系統可以精準到鎖定飛行中的蛾。但另一方面，蛾也發展出具超聲納的聽力來「聽見」蝙蝠是否「看」到他們。

蝶的聽力一般認為並不敏感到可以聽到蝙蝠的超聲納。但古老的絲角蝶，在聽力的發展卻還保留了在黑夜中討生活的蛾類的認知──面對那些來無影去無蹤的掠食者，「聽」遠比「看」更重要。

耶克教授形容絲角蝶前翅上肉眼極難察覺的聽器，就像一對「極小

在寂靜中漫舞　59

極小極小的兔子耳朵」,那耳膜薄得只要你用一根毛髮去戳就會破裂。而當他們將絲角蝶放在實驗室中打開「擬蝙蝠」超聲納儀器時,蝶開始進行異於常態的螺旋狀、急升、緩降等各種避敵飛行,顯示他不只聽到了,還依這聽到的訊息來做反應。

部分沒有演化出超聲納聽器的鱗翅目為了避敵而嘗試適應白天,演化出各種禦敵策略,部分具有超聲納聽器的則留在黑夜。引述耶克談話的記者寫道:或許,是黑暗的蝙蝠創造出白晝的美麗。

耶克教授登在《自然》(Nature) 的這篇論文引來許多質疑,那個假說太大膽,太美麗、太詩。倫敦自然史博物館的鱗翅目專家史考伯 (Malcolm Scoble) 就認為,「絲角蝶」應稱為「絲角蛾」,因為他們的蛹期有以絲包覆為「繭」。不過,仍有許多專家將「絲角蝶」分類為「蝶」。

對絲角蝶來說,他們會不會在意被分類為一般人已形塑出刻板印象的美麗之蝶或醜惡之蛾?我猜不會。對他們來說更重要的事是那對耳朵,可以實用地逃避蝙蝠的「超聲納定位獵捕術」。

五

我真正刻意找拉斐爾「雅典學院」來看,其實是美國前副總統高爾 (Al Gore) 的關係。而在我仔細看過畫冊裡放大的「雅典學院」以後,則

想起「槍與玫瑰」(Guns N' Roses)。

　　幾年前讀高爾的《瀕危的地球》，雖然並不覺得高爾的環境觀有何前衛之處，但他卻重寫了我心目中政治人物的形象。他曾坦白地說自己在媒體前的聲音表演，其實不自覺地在實行一套新的「人格技巧」。說話時講究「音調的抑揚頓挫、十秒鐘的『聲音刺激』、動聽易記的口號、適於引用的話、值得報導的觀點、利益團體的群眾耳語、民意測驗的領先結果、舒緩創造影響力與適時表現感情」等等，這些「修辭學」使得政治人物「偏離手頭上真正的工作」──他們知道選民只重視自己「聽」到什麼，因此說的總比做的積極。

　　我以為高爾是少數真正不把環境議題當競選口號的政治人物，因為他的文字裡有某種溫度。在《瀕危的地球》裡，他引用了《聖經》中該隱殺了弟弟亞伯的故事來說明一些事：亞伯的血流到地上，使得土地無法耕作，而在創世紀裡，上帝揭發了該隱的罪行，祂說：「你兄弟的血有聲音從地裡向我哀告。」因此，「你種地，地不再給你效力，你必流離飄盪在地上。」

　　高爾說，這是「第一個『污染』的例子」。人類不就是那個殺害生存在地球上「弟兄們」的「該隱」？而是否有一天，那「地母」蓋婭(Gaia)會不再為人類效力呢？殺了兄弟的該隱，是否從此就註定漂泊在

大地上？

　　高爾也提到了柏拉圖與亞里斯多德。他用拉斐爾的「雅典學院」裡所畫的形象，說明兩人對人與自然關係思考的差異點：「柏拉圖相信，靈魂與肉體是分離的，思維者和他所思維的世界也是分離的；亞里斯多德則主張，我們心智中的每一件事都出自感官，因此，思維者與他所思維的世界緊密相連」。

　　高爾以「思維者與思維的世界緊密相連」指引我看到拉斐爾的「雅典學院」，那個手指著天的柏拉圖，與手指著前方的亞里斯多德。

　　我翻開畫冊，靜靜地聽著那幅集聚了各個時期，不同種族哲學家、科學家與藝術家交談聲音的畫作──拉斐爾以筆扭轉了歷史的時間軸，讓不同時空的對談、辯論與靜默融攝到一個平面裡。我根據幾篇文章的導讀，把蘇格拉底、伊比鳩魯、畢達哥拉斯、阿維洛依、第歐根尼、歐幾里德⋯⋯一一標出，然後就看到了那個在雅典娜神柱底下，蹺著右腿在記錄著什麼的卷髮青年。

　　那青年據說就是拉斐爾。

　　看畫的時候，隱隱感到那畫和大學時期著迷的一個搖滾團體「槍與玫瑰」那兩張被搖滾樂迷奉為經典的「運用幻象」(Use Your Illusion) 有關聯。我將 CD 拿出來對照，然後從文字到繪畫到音樂的閱讀竟然

瞬間耦合：「運用幻象」的唱片封套，正是取用了「雅典學院」的局部——青年拉斐爾。

拉斐爾究竟聽到了些什麼？用筆記下了什麼呢？

「槍與玫瑰」的兩張「運用幻象」是從我大學時候就陪伴我的耳朵至今的專輯。裡頭有一首改編自鮑布・迪倫 (Bob Dylan) 的〈敲打天堂大門〉(Knockin' On Heaven's Door)，每回聽身體都會不自主微微發抖。簡直要擊碎天堂門板、讓血管為之破裂的鼓聲，在合音部飆高到「遠遠的蒼涼」高度的羅斯 (Axl Rose)，與鮑布・迪倫幾百年未落雨沙漠般的嗓音呈現出截然不同的情調。當我凝神將腦裡這兩首不同編曲的作品「混音」的時候，似乎可以聽到某種尖銳性的對話。

Its getting dark too dark to see
Feels like I'm knocking on heaven's door
……
That cold black cloud is coming down
Feels like I'm knocking on heaven's door

部分藝評家認為拉斐爾是一個過於「諧調」，缺少「衝突」的畫

在寂靜中漫舞 63

家。他的技藝精巧、討教皇與當權者歡欣、那畫裡的世界太過理想化、太完美、太阿波羅,以致於失掉些什麼。

畫家對此一無所悉嗎?在「雅典學院」裡,與其說呈現一種諧調的美境,不如說是一個激辯與沉思的場域。哲學、科學、藝術的先知者,各自以自己的聲音「敲打天堂大門」。

善畫聖母聖子圖的拉斐爾,晚期的「西斯汀聖母」(1513-14,因為畫中有教皇西斯汀二世而得名)一般認為是代表他畫風的重要轉變。林韻梅在〈拉斐爾的宗教心靈與神祕體驗〉中提到西斯汀聖母不同於過去天倫之樂型的聖母像,畫家藉三條平視點(小天使、聖徒、聖母各成一平視點),造成了觀賞者愈向畫走近,聖母便愈向人走來的視感。拉斐爾放棄一般的遠近法,使畫中人與人之間的距離模糊化,空間發生了異動。而畫中金字塔穩定構圖裡,尚隱有橢圓形運動旋律的筆觸(如衣服的皺褶)。堅定的、穩靠的筆觸間,浮映著不安與滑動。這時的拉斐爾,其實生命已接近盡頭。

畫裡的聖母不僅是慈美,那神情帶著某種憂愁的安撫氣氛,向人走來。那是可以讓人親近依靠的聖母,是可以在祂身上哀哭的聖母。

聽人嚎哭,聽人傾訴。

據說拉斐爾臨終的時候,要求把他最後一幅尚未完成的「主顯聖

容」放在床尾。畫家撐起身子,注視著畫裡自己所畫的啟示。畫的上半部基督的兩位門徒目睹著上帝之子的榮美,下半部則是臉朝天堂的妓女、罪犯與病患的人間,他們正把手伸向耶穌。臨終前的拉斐爾看著自己的畫的當刻想著什麼?是否他聽到了各種生命正對著上帝呼喊嚎哭?苦難人世救贖究竟何時到來?而信心又能維持多久呢?

人間的呼喊,死後的拉斐爾將不再聽見了。他真正地面臨了孤獨,耳朵不用再放尖。但「雅典學院」、「運用幻象」裡筆記著什麼的拉斐爾繼續留下來聆聽,以蹺著腿的永恆姿勢聆聽。

那讓自己在「眾說喧嘩」裡靜靜筆記的拉斐爾,以冷冷空心吉它輕叩天堂大門的迪倫,彷彿要「蹓開天堂」的「槍與玫瑰」——他們彷彿都想要進去那「聲音的裡面」,那聲音的最深處,就像是要找回某種迷路的,漏失掉的聲音。

(那聲音存在於天堂嗎?)

六

這些年來我一直意圖遵從梭羅的話,去聽自然的教誨,當然,也嘗試聽了前人在聽聞自然教誨以後,留下來的教誨。(雖然有時候什麼也聽不懂)我開始學會不只是聽,有時或轉述或挪用或駁答,也不知道是

什麼時候開始的事。

後來我發現自己一個人走的時候會自言自語，角色扮演，對所看見的每一種生物說一些話，或假裝聽到了一些話，變得有點傻癡。不過，我想雙尾蝶應該對李奧波、亞里斯多德或拉斐爾都沒有興趣吧。(如果要講課給雙尾蝶聽，也許「疏花魚藤與臺灣魚藤分布概況」是不錯的題目)

這些年來聆聽自然的經驗告訴我，自然科學依然是一門不斷「出乎意料」的學問，也是一門知道的比不知道的少得多的學問(那比例或許像打在我身上的雨和落下的雨)。法布爾不就提醒過，科學的「燈火總是供油不足，玻璃燈罩的透明度又如此之差」，「不管我們的照明燈能把光線投射到多遠，照明圈四外依然死死圍擋著黑暗」嗎？絲角蝶不就調戲了我們對蝶與蛾的認知？

拉斐爾的「雅典學院」裡還埋伏了一些小玩笑。畫家將柏拉圖的臉畫成他所崇拜的達文西(Leonardo da Vinci，1452-1519)，讓米開朗基羅(Michelangelo Buonarroti，1475-1564)扮演赫拉克里斯特，布拉曼特(Donato Bramante，1444-1514)化為歐幾里德，以致於觀畫時會讓我們誤以為看到藝術與哲學、科學的疊影。這或許不只是畫家構造的幻象，在某種程度上也是事實。在那個年代，藝術家往往也是科學家(就像除

了捕捉蒙娜麗沙的微笑外，還會「設計」潛艇與思考飛行原理的達文西），而在中國，文人有時既識天文地理，懂醫學、兵法，甚或還會一些稀奇古怪的「雜技」。

梵諦岡宮的簽字廳裡，神學與哲學對話，詩學與法學對話，那是生命屬於「複合體」，而不是為了什麼國家競爭力計畫訓練「專才」的時代。

當我走在山上坐下來歇息，靜下來的時候，偶然會「聽見」劉克襄先生在一次座談會裡談到老是教孩子們「動物名」、「植物名」的遺憾。他說，如果有一天我們帶孩子爬山累了休息的時候，從背包拿出一本詩集來讀，那個動作本身，或許就會帶給孩子很大的影響。

也許就像走在「看似寂靜」的路上，被某種音波震動了什麼，而喚起了身體的律動。

不只是聽蛙、鳥，風帶著蝶拍擊翅膀，也聽詩、畫，思維隨血液流過心。黑暗闃寂，舞步繼續。

Love in the Air　愛欲流轉

人的靈魂停駐於色情的氣味上。
　　　　　　　　　　　波特萊爾(Charles Baudelaire, 1821-1867)

演化基於愛與性。
　　　　　克勞區(Joseph Wood Krutch)，《沙漠之聲》(*The Voice of the Desert*)

大雨不停地下著,終於,把大海也淋濕了

　　雨以一種無重力的狀態飄在海、島與天空之間,世界脫了焦。小型飛機裡瀰漫著為平衡氣壓而釋出的霧氣,就像是飛機那裡有了縫隙,雲不斷鑽了進來。海的氣味隨著飛行中逐漸清晰的島的線條,慢慢強烈起來,我記得那種氣味,在嗅覺細胞與回憶聯結的記錄冊裡,那味道簽了名。

　　任何一個晃動都足以讓飛行變得緊張,畢竟沒有翅膀的生物,生理與心理都擔憂一切隨風擺動的狀態。

　　去年來這個島嶼也是這個季節,稍早三個禮拜的四月,長穗木剛開,今年是我連續第二年來到蘭嶼。這個島既是世界的邊陲,也是一個世界的核心。我希望能每年來這個島嶼,也許二十年後,有機會像達悟人熟悉魚一般熟悉這裡的蝶,結識每一種蝶的高祖父、曾祖父、祖父,直到他們的曾孫、玄孫,如同自己是這裡蝶族系譜中一個未曾列名的長壽友人。為什麼是蘭嶼?或許是當我第一次踏上蘭嶼的時候,便感覺到這裡擁有我所不知道而且想要知道某些物事,被上帝刻意存放在海洋的這個角落裡。當然,島嶼對任何一個稍稍對自然觀察有興趣的人來說,就是一個迷人的所在,島嶼的生境,往往可以讓人聯想到一個微型的世界草創。

下了飛機，在雨中騎上周牧師托人交付的機車，先到住處找了牧師娘回房放了不必要背著的行李，便再次騎車出門。因為一直下著雨，經過的地方幾乎沒什麼昆蟲，只有棕耳鵯蹲在電線上縮著頸，彷彿在思考著海潮究竟是從那個遙遠的地方推來的。

　　無奈雨把昆蟲們留在隱密的避雨棲息處了。來到昆蟲天堂的蘭嶼，卻遇雨無所獲，這種鬱悶的心情多田綱輔 (Tsunasuke Tada) 也經歷過。他在 1897 年的〈紅頭嶼探險紀行〉裡寫道：「5 月 22 日，微雨。有人提議繞島一周……上午十一時由本營出發，蕃人一行陸續尾隨著，沿著海岸走在一條僅容兩足的小徑上，路況十分險惡，時而攀岩而上，時而穿越芒草密林，或潛行於沙濱及田邊小徑，正午抵達西陽村……。昆蟲的種類很少，特別是蝶類最稀少。」(引自吳永華《被遺忘的日籍動物學者》譯文) 說蘭嶼的蝶稀少顯然令人驚訝，只能說雨讓多田失望了。那時候多田的心情，想必也帶著潮濕的不快。

　　一整天都在雨中騎車、或步行於紅頭、野銀、東清間，與其說是觀察，不如說是確認記憶。穿著塑膠雨衣，首先把去年走過的環島道路旁所觀察過的地方一處一處確認一遍。第一次看見珠光鳳蝶就是在野銀再過去一點的這排林投樹的，而大白斑蝶的滑翔，還保存在去年天空顏色的記憶裡。

島雖小，但已成一個獨立的生態環境。經過兩年的來訪，在我的記錄紙上漸漸可以看出每種蝶的分布有某特定區域較密集的趨勢，這應該和食草的分布，及特定蝶種習慣的蝶道有關。比方說朗島附近大白斑蝶數量便超過其它地方，但要遇到珠光鳳蝶則機會稀少，相較起來，珠光較常在野銀及東清出現。不過，這也可能是過於短暫觀察所下的片面論斷。

　　雖然每一回我都像一個記錄者把看到的物種和生態行為記在自己設計的記錄紙上，但畢竟自己沒有成為研究者的可能。或許，記錄本身也因此過於鬆散而失去了方向性。生態記錄必須累積到相當的程度才可能從其中解讀出一點物事，如果要深入了解生命的習性，或者想像自己成為一個昆蟲系畢業的求知者，便應該設定觀察方向、計畫，並且提出假設，控制某些變因，以印證假設。但既然我的零散記錄紙所記載的不會是一個假說實證的過程，我寧可它扮演的是輔助記憶的角色──是年老時可能還要拿出來溫習一遍的物事，是一種檢視自己「怎麼過」的一種儀式，而不是追求「獲得什麼」的算計。對我來說，純粹地從這些模式中獲得驚喜與美感，並循此理解、想像自己，或許是比記錄紙上多一種新物種還要緊要的事。

　　無目的的書寫，也許只為讓指尖保持溫暖。

雖然雨一直下著，我盡可能讓自己的思考保持乾燥。不過記錄紙僅留著紅紋鳳蝶、臺灣紋白蝶、大白斑蝶(其中一對求偶飛行近十分鐘)、琉璃波紋小灰蝶、波紋小灰蝶、尖翅褐挵蝶、草蟬、黑眶蟾蜍、家燕和棕耳鵯的身影，還是令人有些沮喪。

那是2001年4月26日，雨，氣溫估計是宜人的十八度至二十度間。

明天呢？祈禱放晴。但夜裡仍下著雨，我回到野銀教會旁邊那株麵包樹等待蘭嶼角鴞。巨大的麵包樹在黑夜中，像配合雌鴞從遠處傳來「呼烏呼」的叫聲而呼吸著，手電筒的光活生生地爬上樹，在每枝枝椏間以弧線跳躍。一個小時後，還是聽而不見。

連續兩年都沒有見到角鴞，大概是陌生與運氣欠佳的緣故。觀察就像等待心儀的女子，當你不知道她行經的路線，就減少了製造「碰巧遇上」的機會，一切機緣起自於理解與信念。不過聽到了角鴞，知道他們在這個島嶼的這個角落持續著心跳，持續地在某處瞪著他足以將全世界收納進入的大眼睛，似乎就有了一種造訪的完成感。熄了手電筒，騎上機車。大燈往海的方向射去，無數的雨線從黑暗裡被點亮，然後又落到黑暗裡，化為騎過去就被輪胎和車燈激得四處噴濺的銀亮水窪。這裡的雨帶著淡淡的甜味(就像聞倒過檸檬汁的空杯)，想必曾經經過天堂。雨水帶著某種執拗的意志力不斷下著，不像從天空落到海裡，倒像

藍彩吉丁蟲
Chrysodema berliozi

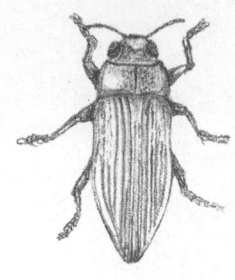

是世界被翻轉，海水化為雨箭落在地面上，準備重新形成海洋一樣。

想起陳玉峰的〈山中書簡〉裡曾引述過卡繆(Albert Camus)的句子：

大雨不停地下著，終於，把海也淋濕了。

演化源自愛與性

雨仍然繼續淋濕著海，但中午一過，太陽像是突然回到軌道似的出現了，然後記憶中的陽光蘭嶼便又浮現在太平洋上。周牧師說：「太陽出來囉，明天還有太陽，我們就去天池。今天去太滑、太滑。」

思考了一下，我打算先去野銀附近一處開闊的開墾後的廢地，那裡新冒出頭的各種草花應該會吸引被濕氣壓得翅膀沉重的蝶群。

在一個蔓生著各種禾本科植物的斜坡上我發現大量的藍彩吉丁蟲。臺灣並沒有藍彩吉丁蟲，他們在這個小小的島上，占有一個「小生境」(nich)，並與其它生物共同形成一個獨立運作的生態系，當然，偶爾會受到像我這樣外來客的干擾。他們像用板擦互相撲打的小學生，身上沾滿了藍白黃色的粉筆灰，只露出一對調皮的黑色複眼無辜地瞪著你。我反覆地拍了幾張，其中一隻先微張前翅特化成的翅鞘，好讓底下

黑脈樺斑蝶

學名*Danaus genutia* Cramer，屬蛺蝶科斑蝶亞科。翅色橙紅，有黑色脈狀斑。雄蝶後翅有一枚性斑，展翅約6.5-7.5cm。飛行速度並不快，喜歡吸食菊科花蜜。幼蟲以蘿藦科的薄葉牛皮消、蘭嶼牛皮消為食，在臺灣及蘭嶼都是非常常見的蝶種。(見彩圖四)

那張薄翅做好勞動的準備，然後嗡嗡地飛了起來。速度非常之慢，且飛行路線搖擺，像酒醉駕駛的直升機。

翅鞘使得吉丁蟲不可能像棕耳鵯那樣先躍下再張開翅膀，或如眼紋擬蛺蝶幾乎可以在我的眼球來不及感到任何預兆的狀況下陡然起飛，或許有人會認為吉丁蟲的飛行技術落伍吧？然而翅鞘與飛行技巧不能兩全。「evolution」有時被翻譯成「進化」，這個譯名或許讓人產生了誤解。evolution許多學者現已改譯為「演化」，演化不一定符合人類觀念中的進步，像普快車汰換為自強號，或727換成747一樣，而是發展成更適合棲地的生存模式。演化更適合說明藍彩吉丁蟲的努力，他們以金屬色彩來警示、求偶，而以堅硬換取速度來抵抗敵人的口器。演化也說明了為何一旁的侏儒蜻蜓幹麼還頂著一對的翅膀，以前後翅不同步的古老方式飛行。畢竟，誰能像瞬間加速又能瞬間停格的蜻蜓，帶給水沼上的昆蟲們那麼大的威脅感？

然後，黑脈樺斑蝶在思考的縫隙間飛臨。

陽光的季節是釋放求偶費洛蒙(pheromone)的季節，微細如光塵粒子的化學訊號飄浮在空中，彼此撞擊、挑逗，紡綞出一條又一條的愛情絲線。我的眼睛一無所悉，但我知道它存在。只要站在這裡，就可以看見雌黑脈樺斑蝶掠過後，背後的隱形絲線不久便拉著瘋魔的雄蝶，跳

著風指導的熟練舞步而來。如果你的視線想重建那條氣味之路，就會發現它像惱怒的貓爪攪和過的毛線團，讓你無從追蹤、心煩意亂。但雄蝶似乎能輕易找到氣味的線頭，追上前頭揮著橙紅色旗幟的雌蝶，然後在她身後數公分處以一種溫柔的飛行摩挲雌蝶的翅翼，藉發香鱗與發香器釋放令她心跳的氣味。他們共舞，持續這種充滿韻律的婚飛達數十分鐘，用隱形的愛情絲線纏繞彼此興奮得微微顫抖的雙翅。雖然遲鈍的鼻子無法聞到他們愛情的氣味，但我知道它存在，以一種我無法破譯的氣味之語隨風流傳，直到蝶觸角數以千計的愛情偵測器上，化為柔情蜜意。

一隻停憩在帶刺林投上的黑脈，線條與色彩布局皆無敗筆，讓你覺得面對這個畫面不宜轉動目珠，不宜呼吸。

直到棕耳鵯突地躍下，才讓人吐了口氣。他翻身回電線上，像是叼住某種直翅目昆蟲，但逆光並看不清楚。這種善鳴的鳥在蘭嶼幾乎像麻雀一樣多，他們站在環島公路的電線上，斜著頭打量著你，就彷彿看出你是觀光客一般嘲弄地叫著，讓人發窘。

鄰近的另一片耕地旁，三隻平時飛行速度不容你眨眼的黃裙粉蝶，意外地以一種「軟綿綿」的溫柔飛行姿態，圍繞著其中一隻旋舞。（想必是雌蝶）他們邊顫抖邊靠近，就像在公車上遇見心儀女生的少年。

黃裙粉蝶

學名*Cepora aspasia olga* Eschscholtz，屬粉蝶科。前翅白色，後翅黃色，前後翅緣皆有灰黑色散布，展翅4-4.8cm。飛行速度極快，幼蟲攝食白花菜科的蘭嶼山柑、小刺山柑、銳葉山柑等。原僅見於蘭嶼，近年來在臺東據稱也有發現，但數量不多。(見彩圖五)

雌蝶接收到雄蝶的慾望氣味，也轉而以一種「異常」的飛行姿態對應。她時而低飛劃著同心圓圈，時而突然竄高、斜飛，然後像失去與樹連繫的葉隨風飄下。面對雄蝶追求的雌蝶，則以揉合挑逗、驚恐、抗拒、迎合、受挫、違逆的飛行動作掩飾自己暈眩迷醉的高亢情緒。

所謂「love in the air」，愛在空中，愛意流轉，無形無色，是一股氣息，也是一口歎息。

愛情來了，以氣流、以氣味的形式來臨──向上飛，up，攀升，我們說那彷彿置身天堂；向下墜，fall，傾倒，我們說墜入愛河。蝶正以嗅覺追逐愛情，藉著獨特的性費洛蒙釋放愛意，召喚情郎，那字眼化為氣味、化為速度、化為舞步。而獨特調配的化學分子，使得黑脈樺斑蝶的費洛蒙不致吸引到黃裙粉蝶，黃裙粉蝶的情意不會錯寄琉璃帶鳳蝶，那是一封封「只為妳而寫」的氣味情書。

是的，我自以為讀到了，不不不，我自以為嗅到了。

但事實上，我是嗅不到的，至少無法以蝶愛上蝶的距離嗅到。雖然人的鼻孔上皮細胞約有近千萬個嗅覺細胞，但和其它動物相比就成了「嗅覺障礙者」。以嗅覺著名的狗至少超過一億五千萬個，能嗅到半公里以外的微弱氣味。

蝶的嗅覺器官和哺乳類構造不同，甚至能嗅到一公里以外的花

費洛蒙

法布爾觀察雌蛾吸引雄蛾過去被認為是「費洛蒙」最早的實際觀察記載(1879)。但日本尾崎行正所著的《山蠶或問》(1877)，更早於法布爾提議把野蠶的雌蛾關在籠子裡，吸引雄蛾交尾。正式的科學探討可能始布特南特(Adof Butenandt)，他的研究從1939年起開始，歷經二次大戰，在1961年才完成。布特南特(Adof Butenandt)、卡爾森(Peter Karlson)、白蟻專家盧斯徹(Martin Luscher)遂以「費洛蒙」(pheromone)一詞取代「外賀爾蒙」(ectohormone)，從此「荷爾蒙」(hormone)被定義為「動物體內的化學信息」，費洛蒙則為「動物個體之間的化學信息」。費洛蒙一字是希臘文pherein(攜帶的意思)和hormao(刺激的意思)所合構的。

香。他們的嗅覺主要在觸角。觸角基部有一特殊的亨氏器(Johnston's orgam)，於飛翔時用以定位。而毛管狀的嗅覺偵測器則遍布整個觸角表面，也零星散布在腿部及身體其它部分。在顯微攝影下蝶的觸角，就像某種古生代的羊齒，帶著剝鱗狀的突起物。蝶不只以嗅覺來追蹤愛情，還追蹤下一代維生的食草。植物經過代謝後的廢棄物分子，會揮發散漫在空中，形成一種可資識別的獨特氣味。雌蝶因嗅到這氣味得以飛臨他們的食草附近產卵，日後幼蟲也以氣味判別食草。

對蝶來說，我是氣味的低劣品賞者，是讀不懂他們氣味情書動人之處的「嗅盲」。

最早精研螞蟻各種氣味訊息的威爾森(E. O. Wilson)說：「動物是一群精於化學溝通的大師，而人類卻是個中白痴。然而，人類是視聽溝通方面的天才，具有此種感覺的，僅限於為數有限的生物(鯨魚、獼猴和鳥)。因此我們盼望曙光的到來，而牠們期待黑夜的降臨。因為視覺與聽覺是智慧型生物演化的先決條件，也只有我們會對這種情境才有這種反應——對著亞馬遜的夜晚產生身心的感覺」。

不過對生活在四處是天敵環境的多數生物來說，嗅覺確然比視覺更不受地形、距離的影響，是最主要的追蹤、溝通與記憶工具。據研

究,雨林裡有百分之九十九的動物,是靠他們的腺體遺留在地面上的化學痕跡辨認方向,判定是否同類,或散布警告訊息。嗅覺也是生物重要的「性訊息」接收處,在生物的繁殖期,性費洛蒙分子散布,殘留在草叢土間,溶解在水裡,擴散在空中,愛意流轉,情慾浮動。

多數生命的「氣味銘刻」(imprinting)在基因或子宮時期就已形成,但人類的氣味銘刻部分來自後天,一種與情感聯繫的銘刻方式。

人類的愛情就常以嗅覺的方式被記憶──那從頸脖腋下皮膚暈散開的,殘留在衣服、房間、心靈裡的氣味,深深燻著在大腦記憶區的隱密角落裡,波特萊爾(Charles Baudelaire,1821-1867)不是說過「人的靈魂停駐於色情的氣味之上」?嗅覺以一種聯結情感的模式被人類記憶,而心理學家認為長期記憶攜帶著一個強烈感情波動的記憶時,會特別牢固,那不是蓄意的記住,而是無法抵抗的「銘刻」。

特別的是,人類的氣味不像昆蟲有「一致性」,而是像指紋般具有個體的辨識意味──她/他的味道只屬於她/他。王朔的〈動物兇猛〉中,那個酷喜開鎖而意外闖入少女房間的少年「我」,對少女的記憶總伴隨著一種「使人痴迷的馥郁香氣」,而在那房間照片裡的女孩「十分鮮豔」,以致使「我」明知那畫面上沒有花,卻「仍有睹視花叢的感

覺」。

　　文學家把氣味跟記憶影像連結起來並非只是想像的放逸。根據那本著名的《嗅覺符碼》(*Verborgen verleider*) 裡所說的，哺乳動物嗅覺經由鼻黏膜的感受器，透過通路傳到大腦中的嗅腦而被「感受到」，而嗅腦所在的位置，正與情緒、記憶，及分泌荷爾蒙的腦下垂體重複。

　　氣味蛇繞，情感從冬眠裡蛻皮甦醒。它少經思考，但引起激動。

　　不過，文學家能以文字描寫他們銘刻的「愛情氣味」，是具有難度的創造。人類的嗅覺神經沒有通過那著名的布羅卡區 (Broca's area，左半腦前區，即控制語言文字能力的部分)，而與所謂感性的右半邊腦相聯。與聲音、視覺、味覺相較之下，嗅覺的語彙顯得貧乏，就像熱帶雨林跟沙漠的雨量一樣，但每一滴都流向記憶、本能、情感的綠洲。

　　難以言喻的嗅覺，難以言喻的愛情氣味。

　　對經歷了「文化演化」的人來說，氣味的誘惑可能是兩個靈魂的「調情」(flirt)，一種情慾探險的觸媒。但對人以外的生物來說，嗅覺誘引愛情之後，那愛情的終點必須是性，必須是生命產生生命。(無法產生新生命的性將不具意義)

　　美國自然寫作者克勞區 (Joseph Wood Krutch) 在《沙漠之聲》(*The*

菲律賓連紋黑弄蝶

學名*Notocrypta feisthamelii* Alinkara，屬弄蝶科。翅色黑褐色，前翅有一白斑，白斑與翅端間散布有小白點，展翅約3.5-4.5cm。臺灣有相似種阿里山連紋黑弄蝶，但菲律賓連紋黑弄蝶只見於蘭嶼。(見彩圖六)

Voice of the Desert) 裡提到，evolutionary basis of love and sex。是的，演化源自愛與性，相形之下，實質的性更是緊要——性是自然延續、創造繁複的途徑。

我面前的黃裙粉蝶正在展示他們的「愛與性」，有一對正憩在還帶著雨珠的芋葉上交尾。靜靜地，絲毫不激動，讓人懷疑那相交是否帶著歡愉。交尾中的黃裙粉蝶依然有飛行能力，當我相機靠得太近時，體型較大的雌蝶奮力地拍翅拉起兩隻蝶的身軀，雄蝶則安靜地不揮動翅膀任憑雌蝶「拖」著他飛。當然這樣的飛行既遲鈍也不愜意，通常難以飛遠。不久這對愛侶找到另一片芋葉，再次回到那過於安靜的交歡狀態。他們可能會在交尾的過程遇到天敵，幸運的話則會在幾個小時後各飛東西。那時一切都將結束。愛與性都結束了，除了雌蝶還要產卵以外，他們需要面對的只剩下死亡。

一旁的菲律賓連紋黑弄蝶目睹這一切，他靜靜地停憩在那裡，可是我知道他目睹著一切。

目睹著某種生境的變化，海的衰老。2001 年紅頭嶼的本質其實還跟《臺灣使槎錄》裡所描寫的相差不大：達悟人「不諳耕稼，以蒔雜糧、捕魚、牧養為生」，「牧羊於山，翦耳為誌，無爭奪詐虞之習」。經歷百

年的文化衝擊後，這個與臺灣本島原住民相異的海洋族群仍保存著自身的文化風景。他們的風俗與傳統服飾仍具有相當程度的神聖意義，耕作仍然次於捕魚，游泳與說故事還是達悟人的基本技能。

我想起昨天在牧師家裡用餐時，牧師一面介紹餐桌上的各種魚，一面漫天漫地談著各種捕魚的傳說，牧師娘在一旁嘲弄地說：「他根本不會游泳」，牧師因此紅了臉，和牧師娘爭執起來，像好面子的小男孩。牧師也提及家人的種種，提及達悟人隨著輩份改變而改變的呼名，夏曼是有孩子的父親，夏本則是有孫子輩的老人。我聽到牧師家的小孩都去臺灣唸書了，我聽到留在達悟島上的年輕達悟人已經愈來愈少了。

「年輕的女孩子更是少。」牧師說，「很多達悟女孩子到臺灣唸書都嫁了漢人。」

午後，年老卻仍黝黑健壯的達悟男子坐在休息棚裡，望著藍色的海。

愛情使牠堅持到連腹部都被吃掉，才放棄擁抱

沿著公路前騎不久，就看到了路上停著兩隻紅紋鳳蝶。交尾嗎？熄火，我舉起鏡頭，然後潛行，身體的筋肉已經習慣以鎖緊關節的方式來

減緩移動速度。鏡頭裡蝶靜靜地立在柏油路上,翅尖微微隨風顫動。我放下相機,大步走向蝶旁蹲下。不是交歡,而是死亡。或者應該說,在交歡中死亡。

蝶身下部已糊著在水泥路上,顯然是交尾時選擇停在這裡,被急駛的車輛輾過。兩隻蝶相交的尾部,壓成一灘模糊。那漿狀的線條裡混和了體液、馬氏管、脂肪、神經系統與交尾器,或許其中還有正在相遇精子和卵子,彷彿是一種生命的嘔吐物。四隻蝶翅以不同的斜角向上舉著,像在進行某種宗教儀式的最後祈禱。

我舉起相機拍了這對交歡中同歸的紅紋鳳蝶,這張照片的風格,或許會有點彼德‧格林那威 (Peter Greenaway)。

演化的基礎是愛與性。兩者的氣味都接近天堂,也接近死亡。

關於費洛蒙,法布爾 (Jean-Henri Fabre) 發現得早,關於性與死亡他也仔細地凝視過。熱衷於觀察螳螂性事的法布爾,有一次曾經碰到一對讓他從興奮轉為恐慌的螳螂愛侶。雄螳螂以他那雙鐮刀擁抱著雌螳螂,尾部努力地輸送精子,可頭和頸都不見了──雌螳螂正扭過頭用尖細的口器悠然地咬著情郎的頸脖,綠色的複眼閃動著愛情的神采。法布爾描寫那隻已然失去頭部的雄螳螂說:「愛情使牠堅持到連腹部都被

吃掉時，才放棄擁抱。」

　　法布爾筆下的雄螳螂似乎沒有想太多，他們只是把交尾器湊過去的慾念，遠遠強過痛感或面對死亡的恐懼。生物在交尾時都冒著某種程度的生命危險，那是他們最無法抵禦天敵的時刻。交尾的熱烈與神聖性，似乎超過了肉身的存在，一種熱烈得近乎暴烈的毀滅性慾望。

　　螳螂是唯一會轉動頭與眼注視移動物事的昆蟲（雖然這說法可能不正確，但看起來真像是「注視」），我多次在拍中華大螳螂時他們也朝鏡頭望著我，那雙嵌在瘦臉上，比例出奇巨大的複眼，反射著整個世界都讀不懂的，造物者所留下的殘酷謎語。每回我面對這彷彿來自泥炭紀的凝視，我都不可避免地像一隻面對螳螂的蟋蟀，想起死亡，並且失去躲避他眼神的能力。杜瑞爾 (Gerald Durrell) 的《絮語的大地》(*The Whispering Land*) 裡提到，南美洲與希臘都叫螳螂為魔鬼的馬。魔鬼的馬，當然得和魔鬼一般能懾人心魄。

　　魔鬼的馬只在愛洛斯 (Eros) 的手下溫順，帶著能將自己基因遺傳下去的興奮情緒交歡，同時被愛侶嚼食的雄螳螂，只專注於吸引他的性伴侶，坦然獻以肉身，只為讓精子游向卵子，基因傳續。

　　性選擇對所有生物來說，都是一輩子最緊要的事之一，那機會甚至

可以用生命來換。在生物界，性接觸並不是一件「溫柔」的事，許多動物的性接觸都帶著攻擊的意味。獅子交配時一方可能傷害另一方，因此這種具有強大力量(而且不允許受傷)的生物，在交歡時往往還帶著戒懼。

雖然愛情不得不建立在慾望上，但人類的情愛卻又長期在社會契約間運作，人類的愛情不再只關乎肉體，甚至牽涉那個可能在意識上性命交關的器官──「心」上。

拋愛棄欲，似乎是只有人類才會做的事，甚至在宗教上被視為一種精神的躍昇。《龍樹菩薩傳》裡記述，龍樹在習得隱身術後曾潛入皇宮侵犯女眷，不幸為人識破，差一點成了刀下遊魂。由於親身體驗了「性與死亡的貼近關係」，龍樹遂悟出「欲為苦本」的道理。死亡是苦，誘惑是媒，性本是樂，但其帶來的愛欲糾纏，卻終不離苦。龍樹欲斷此苦本，便出家修行。

只是，如果沒有誘惑，修行將失去意義，修行的存在，即意味著誘惑的存在。似乎唯有看透「死亡」這最巨大的苦的未來，才可能讓一切樂寂滅，或者說，才可能貼近真理。問題是未曾經歷過誘惑，「悟」可能會到來嗎？一個沒有誘惑的生命歷程，能否算是一個生命歷程？而人

愛欲流轉 · 85

在刻意棄絕愛欲之時，是否追求的是一種「反動物性」的圓滿，而反倒造成掙扎？

繼續走吧，我騎上機車。對自己的提問太嚴苛，不是件好事。

在蘭嶼，一放晴天空就呈現一種寓言式的藍。關於天空的藍是陽光散射所造成的原理，達文西在他的《萊切斯特手稿》(RLW) 中就已經掌握了問題核心。他寫說，「我認為大氣中的藍色並非其顏而是因熱水氣蒸發成為最小、無法看見的微粒，太陽光線將其吸引並造成亮光，並出現在環繞火的深處與黑暗區域。」後來的光學研究並進一步發現，在各可見色組成的白色陽光裡，藍光最為活躍，因此在大氣中與原子分子的反彈程度最密集，天晴時才會形成「藍天」，而不是其它顏色的天空。

同樣站在類似的藍天下，我發現自己從未思考過近五百年前達文西就曾思考過的事。

眼前蘭嶼的藍天與它處不同，尤其當閃動著金黃後翅的珠光鳳蝶飄過雲的構圖時，我總覺得那樣的天際裡隱含著某種非物理性的魅惑。站在像天空的海與像海的天空之間，站在這個島嶼的一個角落，時間彷彿被凝止在一個藍色的水晶紙鎮裡。

至慢在明天太陽升起之前，那兩對紅紋鳳蝶向上開展的雙翅將被

輾成一張薄瀝,至多至多,蝶尾部也許還殘存著些許費洛蒙甜美的氣味,漸漸散翳在這南島異常透明的空氣中。

The Taste of Cherry

The Taste of Cherry 櫻桃的滋味

你難道想要捨棄，櫻桃的滋味？
　　　　　　阿巴斯・奇亞羅斯塔米(Abbas Kiarostami)，《櫻桃的滋味》

W：

　　從你來信的字句裡我可以讀到，你糾結紛亂的內心。

　　在中午動筆寫這些文字給你的時候，昨夜傍晚五點十五分，一隻臺灣紋白蝶停在我窗前約一公尺半的蓮霧樹上(這個季節蓮霧正露出小小受孕的子房)。然後她像孩子抱住母親般用爪鉤抓住葉尖後，便靜止不動。對她來說這就是今夜她選擇的床。我略感興奮地看著她，然後決定今夜不睡地來觀察她的睡眠。雖然有時候在野外夜間行走時亂晃的手電筒也會沒有禮貌地打擾到蝶的睡眠，但能知道她幾時「起床」卻是過去沒有的經驗。

　　我曾在永和住處拍過剛羽化的臺灣紋白蝶，與眼前這隻睡眠之蝶類姿態彷彿，但一隻準備入睡，一隻預備飛行。飛行前和睡眠前的靜止想必有些微的不同，可惜防潮箱裡底片用盡，否則可以拍下來好好地比照。現在我只有一雙眼睛。

　　昨晚我一面編寫著文稿，一面在固定時間用手電筒朝她所在的葉片探望一下，夜間的蝶對燈光似乎失去了敏銳感。除了她的姿態讓我有寧靜之感外，夜並不真的完全沉默。近處的水塘有拉都希氏赤蛙的求愛鳴叫，遠一點(大概一百公尺外)的另一處水塘提供貢德氏赤蛙和白頜樹蛙的音樂，相較起來滿路都是的盤古蟾蜍比較沉默內斂。我甚至懷

> ### 臺灣紋白蝶
> 學名*Pieris canidia* Sparrman，屬粉蝶科，有人稱緣點菜粉蝶，後面這個中文名頗能呈現他的外觀與生態習性。由於攝食白花菜科的植物，因此常在種植高麗菜的農地附近出現，野外常攝食的食草則為細葉碎米薺。翅色白色，前翅端翅緣有黑灰鱗片，與日本紋白蝶的差異是其後翅散布有灰黑色斑。展翅約3.7-4.8cm，飛行速度緩慢。(見彩圖七)

疑自己聽到了鵂鶹，呼—呼、呼—呼—呼，可能在更夜的深層意識裡，瞪著眼和我一樣不眠。就在這樣的夜晚，我靜靜地聯想著我的「蝶類睡眠學」。

那個幾乎是只要有關昆蟲他都瞪大眼睛和心靈的法布爾(Jean-Henri Fabre)，曾經觀察過泥蜂睡覺。他寫道「泥蜂睡覺，是憑藉口器的力量，將身體橫撐在空中。只有蟲類才想得出這類主意，牠們動搖了人類關於休息的觀念」。而椎頭螳螂則用古怪的倒掛姿勢睡覺。法布爾說，我們分不清昆蟲機器的齒輪系統，哪些正處於工作狀態，哪些正處於休息狀態。事實上，除了昆蟲不像在休息的睡眠姿勢，像大象這種龐然巨物，便是站著睡覺的(躺下反而會使他們的內臟受壓迫)，信天翁甚至是飛著睡覺的(或許可以稱為「飛眠」或「風眠」)，他們的骨骼肌並不放鬆。

人類在進入深睡期時骨骼肌會處於放鬆的狀況，唯有眼肌會在進入「REM」(rapid eye movement)睡眠期時，仍如清醒般快速移動。這時期受脊椎控制的一般肌肉幾乎都完全放鬆，唯一例外是男性不受脊椎控制的那塊肌肉，卻會產生勃起的現象。研究人員發現在REM睡眠期喚醒睡者，他們多能清楚地陳述夢境。以色列著名的睡眠研究者拉維(Peretz Lavie)，就把REM睡眠稱為「透視夢世界的窗口」。那眼肌的快

櫻桃的滋味 91

速移動,似乎和佛洛依德 (Sigmund Freud) 急欲窺探的潛意識有著微妙的連繫。在黑暗的意識之海裡,夢的冰山漸漸浮現,睡眠中的靈魂看見了什麼嗎?

人似乎在休息之時,還在與生命的某些意識搏鬥呢。就像不休息的動物骨骼肌,人的意識之流也從來不停止;喬伊斯 (James Joyce) 用文字捕捉它,萊溫斯基 (Thomas Lowinsky) 用畫筆捕捉它,佛洛依德用他驚人的意志力希望能讓紛亂的夢境系統化。但那就像要鰻魚們排好歸鄉的隊伍一樣困難且徒勞,而我們的意識脫逃的也總比被捕獲的多得多。

法布爾藉觀察昆蟲竟觀察到生命的本質,他說,「事實上,除生命耗盡可稱休息外,其他任何狀態都無休息可言。因為,鬥爭並未停止;每時每刻都有某束肌肉在緊張,都有某根筋腱在抽動。睡眠似乎是回歸到虛無靜態了,但實際上它和清醒狀態一樣,依然是在用力。這當中,有的是足爪在用力,有的是捲起的尾巴在用力,也有的是爪尖在用力,還有的是頷骨在用力」。

我們的人生,或許就是靠意識在用力,才勉強地支持下來。

對不起,我扯遠了。竟然忘了告訴你我的「蝶類睡眠學」第一課的觀察結果。凌晨一點二十分左右下起雨(理論上雨應該比這個時間點早

豆天蛾

Clanis bilineata

些下,因為我是聽到雨聲,然後才看電腦上的時間的),我開始擔心我的紋白蝶是否會被雨打落。但事實上沒有。合著的蝶翼似乎大大減低了她被雨直接擊中的機會,如果仔細算起來,她選擇的那片葉子是在樹冠下約四、五層的枝枒,因此雨要落下前會被寬大的蓮霧葉擋了好幾次,至少在雨還不算聲勢浩大的前半夜,那片葉子很少被雨點直接打中。期間有一隻豆天蛾闖進我未熄燈的房間,攀附在破得沒有什麼阻隔能力的紗網上避雨。不久雨勢變大,那片葉子也濕了。在蓮霧葉帶著臘質的光滑面,她仍用睡眠中(她還在睡眠中嗎?)的爪尖緊緊抓住。我倒是相信那力量足以支持她的身體,畢竟蝶的重量大約只有三克,他們可以站在花瓣上,或輕鬆地倒立懸吊。不過,如果雨點夠大的話,重力加速度的雨滴恐怕不是纖弱的她能支持得住的。

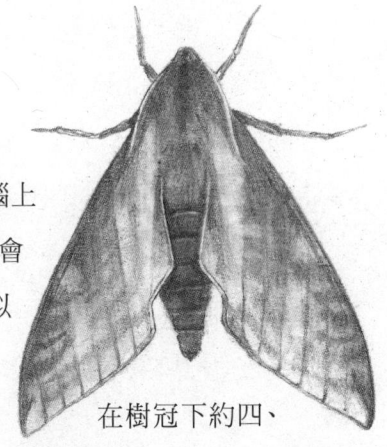

就在這樣的擔心下,她竟安然地撐到早晨七點。我懷疑她已經醒了,而倘若不是這場雨,也許她已經開始晨起的舞步,但濕氣和溫度勸她賴一下床;嗯,至少我是這麼想的。

約莫七點二十雨停。就這樣若無其事地停了,但蝶還在。在一葉又一葉從黃到深綠的蓮霧葉叢裡,藏匿如小小的白色夢境。當時我的疲

累像鬍子一樣不斷增長,你知道,在山上的臨時住處並沒有刮鬍刀。我正想換一個比較輕鬆的姿勢繼續窺探這幅萊溫斯基的「黎明的微風」時,卻發現她已經飛走了。像夢境不可預期的被打斷,意識之流的轉向,青綠的葉猝然落了下來。我們的老去,她的離開。

我好像輕輕地啊了一聲。就只輕輕地啊了一聲。

看著空蕩蕩的蓮霧樹,彷彿母親凝望著捨不得丟棄的搖籃(縱使,孩子已經大到睡不下了),一副孩子都走掉的鞦韆架。

W,我突然想到,蝶的味覺主要是在足部,和上下唇鬚的味覺感受器。蝴蝶前腳腿節上有一可動突起,叫清潔器,可以刷觸角及頭部,將重要的感覺器官給刷乾淨。蝶像雙翅目的蠅一樣,有時會以兩隻前腳搓啊搓的,那正是在清除前足味覺上的髒東西,以恢復一雙敏感的舌頭。雌蝶先嗅到植物散發出來的化學氣味,然後再接近以前腳接觸葉片嚐嚐看,以判斷是否是牠們所要給予下一代的確定食草。我曾看過在顯微攝影下的蝴蝶的足部,尖端有勾爪,每個部分都布滿了毛管狀的感覺器,那些感覺器,就像一綹一綹糾結的潮濕毛髮。

在蓮霧樹上過夜的蝶,除了安全上的考量外(那真是一株枝繁葉茂的健康樹),會不會也有某種味覺上的考量?還是蝶的味覺之感是可以

「關閉」的？要我在一株有討厭味道的樹上過夜，又要整夜用味覺之足攫著它，可不是什麼愉快的事。或許以後應該將每看到一種蝶睡眠的樹，就把它記錄下來，這樣也許在很多年後，可以和其他人的記錄累積成一張「各種蝶對樹床喜好程度」的列表。

我的姪子上小學前睡覺時喜歡咬著他的床單一角，那床單因此總是濕了又乾，發出一股令人難以忍受的氣味。但若把床單拿去洗了，那晚上就得加倍費心地哄他入睡。拉維會說，那是一種「睡眠暗示」，一種睡眠的儀式。有人會找本書來看，有的人一定要喝杯酒，有的人要修剪指甲，有的人則需要一個晚安吻。我的姪子需要舌頭和床單味道接觸的狀態，想想真有點像以味覺器官抓住樹葉睡眠的蝶。

我記得你提到過，你母親總愛抱怨睡不著，或根本沒睡：五點才睡著，七點就起床。她總是這樣說，但你明明在八點起床上廁所時聽到她熟睡的鼾聲。別說這是謊言，你母親或許只是像拉維所提到的，有目的地「誇大」了自己睡眠失調的傾向。他舉普魯斯特 (Marcel Proust) 在《追憶似水年華》(Remembrance of Things Past) 裡對「阿姨」的描寫為例，她似乎不希望讓人認為她「睡著了」，休息彷彿是個恥辱。因為「一點也沒睡著是她最了不起的宣稱，不僅得到全家人的承認和尊重，也造成她的突出。」

老去的人似乎處在「被忽視」的焦慮中，害怕被遺忘，就像某個不重要的夢境，在刷牙時就被徹底、不留殘渣地遺忘。也許她需要的正是某種喚回安心睡眠的儀式，比方說定期陪她吃著飯。慢慢吃的那種，不是到餐館，而是讓她忙進忙出，一邊宣稱自己已經吃飽（你根本沒看她動筷子），卻仍在燉湯、炒菜，以十人份聚會的精神準備你跟她兩個人的晚餐那種。

　　坦白說，提到這點我自己都臉紅了，因為我總是潦草地吃掉我母親做的菜，甚至拒吃。我實在不喜歡她作菜的味道，有時還故意在她面前煮泡麵，我們在味覺上沒有共識。

　　但我知道，她希望在味覺上和我有共識，就像對生活。

　　記得我跟你說過，初一吃甜是我媽的信念。你知道，每年過年我都會回家裡的鞋店幫忙，這是在我生命中至少例行了二十幾年的公事（大約十歲的時候我就曾和二哥在中華商場的天橋上賣鞋墊）。除了當兵，每年過年我家都在鞋店裡圍爐，度過整個大年夜。年初一也開店，櫃台會擺上幾盤各式各樣的糖，給店員和客人吃。

　　我媽對食物的事有某種堅持，並不是對烹調技術或美味的堅持，而是對在某些節日或餐桌上必定要有肉食的堅持。我以為那是她過去

的貧窮所導致的「懼貧窮症」癥狀之一，以致於連因糖尿病不能攝食過量澱粉而改以薏仁、糙米為主食時，她都抱怨又不是吃不起，為什麼給她吃這麼差的食物。尤其她對大年初一的舌頭（包括味覺和話語）十分講究，完全不理會血糖數值一顆又一顆地吃著糖。

彷彿這天的味覺受了苦，生活就跟著受苦。

感覺上，味覺和嗅覺好像是難以分割的兩種感官，它們常直接連接到記憶。陽明山包籜矢竹開花的那年（這是我對公元兩千年的特殊說法），我到紐約去找 J.C.。當時正在考慮是否與女友結婚後長住美國的他，帶我到 Flusing 喝珍珠奶茶。對我來說珍珠奶茶是一點誘惑力都沒有的飲料，但他吸著杯中寥寥無幾的珍珠，珍重得簡直就像王子吸吮著人魚之淚。似乎被珍珠哽住的他說，不曉得結婚以後放媽在臺灣好不好。

大學同學 L 則在中秋會丟給我幾顆他家在麻豆自種的文旦，他近乎苦口婆心地告訴我，這文旦和其它的文旦味道絕對不同絕對不同。L 平日極少回家鄉，中秋的文旦是他少數回家的理由。但我就是怎麼也吃不出來麻豆土產的文旦和我媽從士林菜市場買回家的有什麼不同。

我常驚訝許多朋友為什麼有挑剔美食的舌頭，而我總是囫圇地吃下一餐又一餐。對我來說，食物的味道並不干涉飽足感。唯一一次想念味

櫻桃的滋味　97

覺,是我當兵一開始吃不到維力炸醬麵的時候。我從國中開始幾乎每天的宵夜就是泡麵,吃完泡麵才會啟動「睡眠的大門」。初讀研究所的時候甚至有時三餐都以泡麵或白煮麵加蛋度過。我吃泡麵不全然是為了省錢,而是我真的認為好吃。

多數人類無法忍受長期只吃一兩種食物的單調無聊,我們食性廣雜,而且對舌頭的要求嚴格——或許,這是文明的重要特質,人們是自然界中少數能好好坐在餐桌前吃飯,不必擔心天敵趁機掠食或搶奪的物種。面對這不可割捨的感官,有些修行者挑戰味覺,他們把舌頭的慾望降到最低,讓它除了擔任「能吃與不能吃」的防線外,不參與「口腹之慾」的創造。但味覺的感受恐怕跟「念頭」一樣快,我們常在吃到美味食物時瞬間感到「原來如此」的釋然,我懷疑修行者能完全將它去除。

W,我記得你說過,味在漢語文化中不僅僅是口腹之味,更是趣味、意味、興味、韻味,是屬於哲學與美學範疇的語彙。你曾經著迷的神韻詩,講的就是那難以言說的「味道」。我不知道聽誰說的,「美」在梵文中同時也是「有滋味」的意思。

你記得村上龍那本《料理小說集》裡有篇名為〈羊腦咖哩〉的小說嗎?那裡頭寫到「我」與一個前女友的偶遇。十七歲時兩人沉浸在毒品

> 紅肩粉蝶
>
> 學名*Delias aglaia curasena* Fruhstorfer，屬鱗翅目粉蝶科，又稱紅肩斑粉蝶。翅正面為灰褐色，散生灰白色斑，但後翅腹面非常鮮豔，呈黃色，翅脈為灰黑色，基部有明顯的紅色斑，是「紅肩」命名的由來。雖然遍布全島，數量並不是很多，但有聚集於食草附近的傾向。展翅約5.4-6.4cm，幼蟲食草為大葉桑寄生。(見彩圖八)

與性的世界裡，經過另一個十七年後「我」已有了一個孩子，而她則有兩個。重逢的兩人談到女人曾到過的印度，「我」問她是否吃過酸乳酪烤雞，她形容那個「很讓人心動」的味覺，「跟打開《浮士德》一樣，翻開它之前便開始心跳不已」。

以舌頭，打開心跳不已的浮士德。

W，你知道嗎？相較於人的繁雜食性，蝶的菜單不但單調，有時還只執著於一味。幼蟲口器邊的微小觸角是一種化學偵測器，可以嚐出適當的食草滋味。

多數蝶都以某科別下的幾種植物為主要食草，只有少數有跨科吃食的現象。有的只吃半寄生於其它植物的植物，比方說大葉桑寄生之於紅肩粉蝶。桑寄生是一種半寄生植物，除了會吸取寄主植物的養分、水分外，本身也具有葉綠素，當寄主植物養分不足時，也可以行光合作用製造養料以求生存。其實桑寄生本身也不是可以寄生在每一種植物上，他們慎選寄主植物就像慎選情人。嗯，挑剔的植物，挑剔的蝶。

多數蝶和部分蛾類「見青就吃」的習性有點不同。他們過度挑食，有時可能會加速自己瀕危族群的滅絕。寬尾鳳蝶如果不是只吃樟科的臺灣擦樹，生存的困局會簡單許多。但有時在人工飼養的狀態下，蝶也

可以小小地改換口味(只是在野外他們多半不會產卵於其上),比如說有人就以紅蘿蔔葉餵食以野當歸為食草的黃鳳蝶。

　　讀到這裡,你一定又會為我囉哩囉唆地把蝶名寫出來感到不耐。你一定會說,何必把蝶限定在名實之內,分別視之呢?小說家黃春明不是有一次就說過,人就是有了名字才有這麼多麻煩。這讓我想起一回你給我的信裡引了惠特曼(Walt Whitman)的〈當我聽見博學的天文學家〉,讓我在這裡再把它謄一次。

　　　當我聽見博學的天文學家,
　　　當證據和數字陳列在我面前,
　　　當他向我展示圖表、圖解,以加減、乘除與測量,
　　　當我坐聞天文學家,在演講廳裡贏得諸多掌聲,
　　　不知為什麼我馬上感到疲乏、噁心,
　　　直到我站起、開溜出去,獨自蕩遊,
　　　在神祕、潮濕的夜氣裡,時時
　　　在純然的靜謐中,仰望星辰。

　　你說詩中天文學家可以置換成任何一種專家,我聽得出裡頭的小小

諷刺。但我其實覺得對證據和數字不耐的惠特曼,也可能因此錯過了一些物事。

就拿蝶吸水這件事來說吧。

很早就曾在圖鑑上讀到吸水的蝶是雄蝶,我一直很想查證吸水的是否都是雄性,去年在茂林看到雌雄服色分明的雌白黃蝶與淡紫粉蝶的吸水群,確實給了我一個比較明確的答案。但答案引發了疑惑,為什麼都是雄性吸水呢?

據蝶類學家的研究,吸水多數是雄蝶的原因,是雄蝶要攝取溪畔沙地溶解的礦物鹽。其實這種現象不限於蝶,同為鱗翅目的部分蛾也有類似的行為。生物學家史考特・斯麥德勒 (Scott Smedley) 與湯瑪斯・埃斯納 (Tomas Eisner) 在研究格拉斐斯亞雄蛾 (Male Gluphisia Moth) 時發現,他們時常群聚在水窪將水吸入,旋即排出。這動作可以將鈉離子留在體內,在交配時則藉由體內的「離子震盪器」將鈉離子傳送給雌蛾,再傳給牠的子代。如此一來,子代攝食的是缺乏鹽分或某些礦物質的植物,也不必憂心缺乏鹽分。

彷彿準備一個傳家的慎重禮物,雄蝶與雄蛾因此在濕地上吸吮著。

鹽味,某種程度上意味著生命之味。在人類文化史上,鹽在許多地方並不是那麼容易取得,操控鹽意味著操控某種貨幣價值、政治,

櫻桃的滋味 101

有時甚至是操控生命。當然,也常因此改變了文化。西歐與北歐文化在某種程度上可稱為漁業的文化,而沒有鹽就沒有發達的漁業。英格蘭地名字尾加上"wich"的地方,都曾經是產鹽的地方,英文裡的薪水(salary),字源正是來自拉丁文的「鹽」。部分史家認為,鹽稅是引發法國大革命的重要因素之一,不過這次「平民革命」所廢止的鹽稅,十五年後又恢復開徵。帝國擴張時期,歐洲人則以鹽控制了視之如聖品的非洲殖民地利益。在中國,特別是清朝,鹽商在那裡,繁華就在那裡。詩人張船山寫過這樣的一句詩:「十里魚鹽新澤國,二分煙月小揚州」,無論是揚州與天津的繁華都與鹽直接相關。據說揚州鹽商的豪宅,與曾經在其間充當附庸風雅裝飾品的大量名家書畫,現在已成了憑弔某種豪奢文化的遺景。我曾經聽一位中國戲曲專家說過,崑曲的興盛,與揚州鹽商的喜好和財力支持,有深切的聯繫。

並不是海島就不缺乏鹽,不珍視鹽。在臺灣,從十七世紀明鄭的陳永華以「天日法」曬鹽以來,多數時候「販鹽權」操控在官方或少數鹽商的手中。知名的水沙連古道,過去因曾是運鹽的重要動線,遂被稱為「鹽路」。而對早年尚未習得萃鹽技術的布農族來說,「山鹽青」這種植物對他們而言就像雄蝶的濕地之吻。布農人稱山鹽青為「cigu」,打獵時,用cigu的葉片,可以吹出山羌等大型哺乳類動物的求偶聲音。吹

> ### 雲紋粉蝶
>
> 學名 *Appias indra aristoxenus* Fruhstorfer，屬鱗翅目粉蝶科，又稱為雲紋尖粉蝶。雲紋粉蝶常見於臺灣南部與東部，特別是臺東地區，有時會發現大規模的吸水群落。雄蝶翅色為白色，前翅尖散生灰黑色鱗片，雌蝶帶乳黃色，後翅緣亦散生灰黑色鱗片。腹面為帶彩花紋的褐黃色，前翅有一道黑褐色斑。展翅約為4.5-5.2cm，幼蟲食草為大戟科的鐵色、臺灣假黃楊等。(見彩圖九，本篇扉頁素描為雌蝶)

奏者舔舐著微微的鹹味，誘捕被「偽情歌」喚來的犧牲者。

那花白如鑽的鈉離子結晶體，原是給予生命獲得繼續生存元素的滿足感，但在人的歷史上，則化為求生、財富的爭奪，在不同的結晶稜面裡映射著汗、血，與渴求。相較之下，蝶群的吸水取鹽顯得較平和地分享這種生命的結晶。他們只是一群一群期待婚配，預先為子嗣吸取生命之源的年輕生命。

有時看著蝶群吸水時，一些意念會在我腦中蒸餾。許多人說服人們接受不當毀壞環境、維護多樣生物的原因在於危及自然就是危及自身，這並沒有錯，甚至可以說非常準確。但與其採用這種「威脅論」與「利他自利論」，我相信你一定也能同意，淡紫粉蝶、雲紋粉蝶、姬黑星小灰蝶與琉璃小灰蝶單純吸吮的姿態，或許就是一個不侵擾、珍惜我們現在所見所聞所感的世界最根本的理由。

這些年來我曾經在不同地方看過不同的吸水組合：茂林與達娜伊谷的雌白黃蝶、淡紫粉蝶、斑粉蝶；臺灣琉璃小灰蝶、臺灣黑星小灰蝶、姬黑星小灰蝶；烏來的青帶鳳蝶、青斑鳳蝶、端紅粉蝶、石墻蝶；北橫復興的臺灣粉蝶、端紅粉蝶；知本溪旁的雲紋粉蝶，太平山的長鬚蝶，以及較少聚集成大規模吸水蝶群的烏鴉鳳蝶、白紋鳳蝶、無尾白紋鳳蝶。群聚吸水的蝶群彷彿在排列組合著一個又一個的象形文字，當我

太過接近而驚飛後,蝶會在我後退後不久再降落重組,彷彿正在謀篇。蝶似乎會被與自己翅色同色系的吸水蝶群吸引,加入這個神祕的書寫組合。這些經驗讓我印證了書上所說的,過去捕蝶人常挖出一個個淺窪後灑上尿液,並放上幾隻欲捕捉蝶種的蝶屍或色紙,引蝶群奔赴這個「黃泉」。

我並不是在炫耀腦袋裡淺薄的知識庫,事實上我跟你講的一切都是別人告訴我的,而人們所能讀懂的自然,可能只是創世紀前言的第一行。只不過一群吸水蝶群,由蝶類學家和科學家,人文、歷史學家在不同領域的詮釋下,逐漸像一片一片微小的鱗片組構出了一幅繁複動人的面貌,真令人沉迷。如果我只是為蝶群繽紛的壯觀驚呼,或像惠特曼一樣聽到科學家開口就走開,豈非也失去許多?

當然,我絕對支持感性之必要。(這點你該不會懷疑我吧)如果人因理性與知性而失去敏感的能力,就會不曉得生命除了抓得住的物事以外,還有什麼值得品味的。

記得那年聲色影展時我們在臺北看了伊朗導演阿巴斯的《櫻桃的滋味》,後來發現中壢竟也播映一場,遂又看了一次。看完電影以後你坐在椅子上,說,好像死掉了一樣。

電影裡一心求死的中年男子，駕駛著旅行車，希望能找到一個願意在他自殺後，替他把坑洞掩上的人。大量開車的鏡頭讓人昏沉，攝影機擬仿著視覺的震動，簡直是一種眼球的虐待。還好男人有時會停下車，跟撿拾垃圾的人、待業青年、兵士、警衛、神學院學生打打交道，或讓他們上車。男人先以金錢引誘，然後說出自己的請求，他希望能有人在隔天早上，為他準備埋葬自己的坑洞掩上土。

阿巴斯導戲一向注重自然的表現，那些「演員」彷彿就真的在對著我們傾訴著自己生活中的種種，帶領觀看的我們共同掙扎於金錢的誘惑與不願助人求死的困局。劇中的男人以語言的觸鬚碰觸各種的生命形式：猶是孩子的軍人，為尋找生命真理而進神學院的阿富汗年輕人，以及工地的無聊看守者。男人問：如果自殺是一種罪，不快樂又何嘗不是？不快樂的人會傷害別人，那不是罪嗎？而如果我一心求死，你何不為幫助我掩上土呢？我可以給你們半年才賺得到的酬勞。

路、夏天與生命蜿蜒而長，爬到「之」字的最頂端，就必然下降。煙塵瀰漫。

但生命對結束同類的生命懷有深深的戒懼感，這是一種生存機制，如果生物不對殘殺同類有相當程度的自制，那麼許多有尖牙利爪的生物早就此絕滅了。人類據稱是唯一會思考死亡的生物，也是唯一「有葬

櫻桃的滋味 105

禮」的生物。(雖然有學者認為大象在某種程度上也有悼亡的儀式)但人類的思維演化至今,面對死亡的情境,多數人還是落荒而逃。(然而,生命的課題逃不走,也忘不掉)

　　男人最後碰上一個為博物館提供鳥獸標本的老人,老人因孩子患病需要錢而答應了。男人載老人回去,相約明天為他埋上坑洞。車子在黃沙漫漫的道路上前進,老人提議:為什麼不走另一條路呢?另一條路比較遠,不過較美。老人說,我在沙漠中困了三十五年。車子倒退,男人轉動方向盤,另一條路於焉展開──森林漸漸繁盛,彷彿整個乾燥伊朗的水都集中到這條路上來。

　　老人說到自己年輕的時候也曾因和妻子吵架想自殺。繩索帶著,決定了結生命。他選擇了一棵桑椹樹,在綁繩子的時候,摘採了甜美多汁的果實送到嘴裡。時間已近黎明,一群小學生準備去上學,陽光像往常一樣,既不溫柔也不暴烈,不只為你也不只為我靜靜升起。孩子們要老人搖搖樹,讓桑椹落下,老人(當時當然不算老)照做了。孩子們快樂地吃著桑椹,他則棄了死念,收拾了繩索,採了些桑椹,帶回家給妻子和孩子。

　　我去尋死,然後採回了桑椹,老人問,難道你不想再看到日出和晚霞,用冰涼的露水洗臉,難道你要捨棄櫻桃的滋味嗎?

男人不發一語。送老人進到博物館後,他又轉頭進去博物館要見老人。標本室裡老人正在解說著如何將鵪鶉殺死製成標本。男人張望著天空中還未死亡的,成群撲飛的鳥。老人出來時,他再次交待千萬要記得先丟兩顆石頭確認他是否死去,才能掩土。男人靜靜踱步張望似乎正在轉變的風景,他坐在長凳上,凝視夕陽沉下,而後開車回家。夜深的時候男人又開車到自己挖好的坑洞裡,安靜地躺了下來,遠方閃電掠過城市,就要落雨了。如果生命只剩下空殼的話,如果生命只剩下空殼的話,如果只剩下空殼的話。黑暗來臨。

影片最後阿巴斯加進了阿巴斯導戲的鏡頭,工作人員安排著運鏡,遠方一隊年輕的兵士跑步過來(這麼年輕,就要去赴死了嗎?)導演喊休息,士兵或席地而坐,或相互追逐,有人採了野花向鏡頭招手。小號響起(這幾乎是全片唯一有音樂的段落),那聲音像蛇一樣,冰冷地繞盤我們的胸口那枚還在撲撲跳的東西。你說,簡直像是死過了一樣。我說,簡直就像是死了一遍一樣。

阿巴斯曾在受訪時提及一位哲學家的話(他沒說是誰說的,我也不曉得是誰):「如果人生不是能選擇自殺的話,我早就自殺了。」

人類可能是唯一會自我選擇自殺的生物,雖然很多人把旅鼠、鯨豚

櫻桃的滋味 107

的行為說成「自殺」，但許多研究資料顯示，那是某些生物壓力下的結果：如生病、族群過盛、導航器失靈，多數仍是「非自願性」。人會自殺雖然不能全然說是自由意志的一種（縱使人是否有自由意志仍待存疑），卻是在某種選擇下的決定（不管那選擇理不理性）。人並不以能自殺而成為靈性動物，相反地，靈性的關鍵點應該是在「選擇」這回事上。

難道你想放棄，櫻桃的滋味嗎？阿巴斯這樣問。

那麼，什麼是櫻桃的滋味呢？倘若讓村上春樹來回答的話，他會說，去聽風的聲音。落葉以暈眩的姿態跌落、臺北樹蛙用嬰孩的眼神定定地望著天空、雲紋粉蝶一隻接著一隻穿過知本溪谷，落在濕地上，為下一代儲存某種生存的滋味。

我知道你正在為要離開母親而煩惱，同時被繭縛在愛情難題的深處，跟你閒扯這些，恐怕毫無幫助。而你也一定像以前一樣，忍不住要反駁我幾句，戳破我言語中的偽善面目。

不過無妨，我不是要和你取得共識，只是隨意胡扯而已。你就當是一個像影子一樣存在的老朋友，跟你分享關於生活的種種滋味好了。

祝心怡

P.S. 附上我拍到的各種蝶群聚吸水的畫面，我猜，蝶的吸水動作和味覺是連在一起的。(他們的前腳就搭在土地上，想必，也嚐到了土地的滋味吧。)

死亡是一隻樺斑蝶

> 在我的內心深處,對死亡有一種親切感。
>
> 志賀直哉,〈城崎散記〉

> 在那個小小的、被熄滅的生命力的形象裡,在一隻彷如被風不經意地吹落的葉子的小鳥裡,我感覺到我們生命裡共同的、易碎的本質。
>
> 海恩斯(John Haines),《星星、雪、火》(*The Stars, the Snow, the Fire*)

在助教已離去的系辦公室，我遇到喪父不久的康老師。我坐在老師對面，和神情疲憊的她閒聊關於最近閱讀的種種。突然，一面低著頭整理信件的康老師抬起頭問我：「你花多久的時間才從父親過世的傷慟裡走出來？」

　　我無法回答，我的康老師。妳的生命比我更瞭解生命，妳與大地的循環比我呼吸的節奏更諧調，妳跟主的距離比我更接近。我無法回答，我的康老師。我不曉得多久才從父親過世的傷慟走出來，或者說我根本不曉得那是否是一個「走得出來」的時間。(或者說，是空間？)

　　1964年4月14日卡森女士(Rachel Carson)病逝於馬里蘭州的銀泉，幾天後的追悼式裡，牧師讀了一封1963年9月她寫給好友桃樂絲‧佛里曼的信。信裡提到那年夏末她們在緬因州一起受大樺斑蝶遷徙景觀的震動，從眼淚到汗腺幾乎都尖叫起來的卡森在書信裡咀嚼回憶時寫道：

　　「然而，最重要的是，我會記得這些大樺斑蝶，記得這些纖小翅膀不疾不徐的飄流，一隻接著一隻，每一隻都被某種看不見的力量推向前去。我們探了些牠們的生命史。牠們會回來嗎？我們認為不會；至少大多數是這樣。這是牠們一生的終結旅程。但是我忽然想到，在今天下午，我回想起來，覺得這是一幅歡樂的景象。當我們說到一去不返的時候，沒有一絲憂傷。而且理所當然——任何生命走到循環的盡頭，我們

大樺斑蝶

學名*Danaus plexippus*，英文名monarch butterfly，中譯有時稱為帝王蝶，是為了紀念荷蘭聯省執政者奧蘭治的威廉，後成為英格蘭國王威廉三世(King William III of England)而命名。雌雄色彩斑紋相同，雄性在後翅正面第二脈基部附近沿翅脈的下面有長橢圓形性斑。外型很像臺灣也有的黑脈樺斑蝶，但體型較大，黑脈較細。幼蟲食草是馬利筋屬(Asclepias)的植物。

都加以接受，把結束視為自然⋯⋯」

我的康老師，這是不曉得自己離生命循環的盡頭只剩半年的卡森所寫的，這是在大樺斑蝶的旅程中，以沙沙的「飛行語」所低訴的。他們展示何謂生命這樣的祕語，然後帶著祕語的鎖匙被生命離棄，他們留下卵後，才喪失飛行的衝動；他們化為土壤裡的有機質，然後春天就有了一叢開放的馬利筋。

老師，我曉得父親與大樺斑蝶不一樣，我承認引喻失當。畢竟，我是父親的某個細胞組織增衍出來的，我們套著同一條基因鍊鎖，或者說，某種生存情境。父親跟我一樣在出神時會咬指甲，但他想的可能是生意與利率間的生計問題，而我只是腦袋裡又陷入興奮頹喪的莫名渾沌。我辨色力弱，是因為他也辨色力弱；他縫鞋底，而我在鞋盒上畫畫。

坦白說我不曉得他將離開這世界時，是否「把結束視為自然」。但我以為憂傷是生命的寄生物，它沒辦法在失去寄主的狀態生存。父親的憂傷已然隨著他的虹膜死去，而我則放棄了走出那個空間。(或者說，時間？)甚至在祕密的時刻，還常藉著憂傷為引，跟逝去的父親數度長談。上帝曉得在他生前，是對十六歲以後的我多麼陌生，而我也從不認得心臟衰弱、腦血管壁逐漸變薄變脆的父親。

大樺斑蝶
Danaus plexippus

在那個走不出來的時間房間裡,我凝視了從未見過的窗外風景,魅譎的狐蝠閃現月光下,大樺斑蝶垂懸在金線閃動的蛹上,熱烈大頭蟻肢解牠們遇見的一切:鬆垮肌肉、腫脹淋巴腺、潮濕腿脛關節、渾濁白眼球、腐敗氣味,以及腐敗記憶。我幾乎快忘了兒時牽著父親手時的粗糙觸感,但多麼希望能完整地記起來。樹葉腐化時總會先失去葉肉,然後剩下骨骸般的葉脈,主脈會撐到最後,但已不可能青綠。

屬於我的憂傷終會在我的生命結束時結束的,一去不返。海恩斯(John Haines)說死亡是一隻雲雀,在那啼鳴聲裡,等待著。

死亡是一隻大樺斑蝶,她不是剛剛才輕輕顫動著火燄般的翅膀?

記錄上,臺灣曾經也有大樺斑蝶,尤其是南部地區為多。但大約在六〇年代以後,大樺斑蝶卻因為某些神祕的原因在整個亞洲消逝——快速、無奈、沉重仿如一句歎息。陳維壽老師曾說這種蝶生命力很強,

欲捕捉製作標本時，用手也不容易捏量，有時縱使蝶的身軀被捏到破裂，仍然在三角袋裡掙扎著，彷彿拒絕在尚能飛行的時候死去。

臺灣現存的樺斑蝶是和大樺斑蝶同屬的近緣種，他比大樺斑蝶小些，翅上沒有黑脈，只有零散的黑斑。但對捕食樺斑蝶的掠食者來說，那華麗的身軀同樣帶著死亡的隱喻。

死亡隱喻，肉身託寄。

希羅神話裡的帖撒利國有一位絕世美女科羅妮絲 (Coronis)，太陽神阿波羅 (Apollo) 為她心動，與她共譜戀曲。但完美之神阿波羅亦有凡人的嫉妒心，他派寵鳥去監視科羅妮絲，不料金鳥傳回某個似真似假的訊息：聽說科羅妮斯愛上了一個凡人。

聽到消息的真理之神阿波羅失去理智，盛怒下便叫妹妹狩獵女神阿蒂蜜絲 (Artemis，羅馬神話稱為 Diana) 以萬無一失的箭為他射死愛情。但當阿波羅決定以火焚處死科羅妮斯，看到她的美麗面容逐漸被火燄驚嚇得扭曲，他憶起了美好的回憶，聽聞到嬰孩的哭聲，因而在危急中將甫出生的嬰兒救出來。那嬰孩是阿波羅與科羅妮絲的愛情，在火燄下僥倖存活一絲氣息。

而傳遞消息的寵鳥，則被嫉妒、悲傷、憤怒碾磨的阿波羅由一身雪白變成黑色，從此只能發出「啊啊」的叫聲。

死亡是一隻樺斑蝶

不會再有喜訊從變為黑色的烏鴉口中傳來了。

倖存的男孩則在人頭馬奇龍 (Chiron) 的扶養下長大，在佩連山上的洞穴中長大，在神界與凡間的自然萬物間長大，在嚐百草、習咒術的藥草鑽研裡長大。那是未來的醫神——埃斯格拉皮斯 (Asclepius，羅馬名為 Aesculapius)。

長大後的埃斯格拉皮斯醫術精進，在他手下病者得治，殘者復全，白骨生肉，逝者回春，無法拘魂的冥府因此空空蕩蕩。冥君黑帝斯 (Hades，羅馬神話稱 Pluto) 向宙斯抱怨，人間已滿，陰間無魂，有生無死豈非違反了生命的規律？宙斯在聆聽了黑帝斯的抱怨後深覺有理，便以雷矢擊殺埃斯格拉皮斯。

生死之輪復又轉動了起來。

阿波羅將愛子之死的惱怒發洩在為宙斯製造矢箭的巨人族身上，他追殺巨人。宙斯遂貶罰阿波羅下凡間。坦白說，我覺得墮入凡間對那些活在奧林匹斯山的眾神來說根本不算處罰，他們簡直比人還像人，被愛情折磨，被妒意糾纏，被憤怒激動。

生與死，醫神與死神，神界與凡間，解救與殺戮，那對立卻並非截然切分的兩造間，隱隱旋繞著難以覺察的微妙鎖鍊——我們是否就跨立在那分界上活著？

樺斑蝶

學名 *Danaus chysippus* Linnaeus，屬蛺蝶科斑蝶亞科。翅膀底色呈黃褐色，外緣具有如蕾絲樣的黑白兩色的花邊，前翅翅頂黑色，其上佈有些許白斑，後翅中央有三個黑斑雄蝶並在三個黑斑後方有一個黑色性斑。幼蟲食草為蘿藦科馬利筋屬的植物。種名Chrysippus意思是金色之馬。(見彩圖十及本篇扉頁素描)

　　馬利筋的英文名是「牛奶草」(milkweed)，帶著柔軟的披針狀葉與可以緣風飛行的綿毛種子。當你折斷它的莖時，傷口處會流出白色牛奶般的汁液。那汁液裡含有心臟糖 (cardiac glycosides) 的化學鹼 (alkaloids)，提煉後可以製造心臟疾病的藥品。而在中藥裡，馬利筋全株可消炎清熱、解毒散瘀、退火解渴、治療肺炎與創傷，根可以催吐，甚至可以治毒蛇傷、腫毒、腫癌。不過，正如我們所知的，藥性與毒性，常同時存在於同一植株，誤服未經處理的馬利筋，也會造成高熱、脈搏加快但微弱及呼吸困難等痛苦情狀，據說古羅馬刺客便是用馬利筋汁液來浸潤武器。

　　馬利筋屬 (Asclepias)，便是源自埃斯格拉皮斯之名。那纖弱的含毒植株同時隱現著生之求冀與死亡魅影，或許也暗喻著即使是神祇也無法停止生死之輪。

　　Milkweed，Asclepias，一種生之乳汁、死之酒鴆。

　　樺斑蝶的幼蟲正是攝食蘿藦科 (Asclepiadaceae) 的各種馬利筋。對他們來說，馬利筋的汁液是奶與蜜，他們從童年的攝食裡累積毒素，將自己釀成天敵的一盅毒酒。但這種「自衛」有時會變成「自盡」，有時初齡的幼蟲也會被黏稠的毒汁阻斷攝食道而死。樺斑蝶幼蟲靜靜地嚼食著馬利筋，那是求生時面對死亡的賭注姿態。

由於毒素微量，吞食樺斑蝶肌肉的鳥或螳螂並不會因此致死，但他們會嘔吐、暈眩、虛弱。虛弱雖然不等同於死亡，但在大自然裡，虛弱者的影子總跟隨著死亡魍魎。曾捕食樺斑蝶的獵食者將無法忘懷那虛弱而引來的恐懼──當天敵出現時，無力奔逃或抵抗的恐懼。而曾捕食樺斑蝶作嘔，卻逃過一死的獵食者再次見到這種如一團火燄，帶著黑與赤虎斑警戒色的飛行者，或許也會記得不好的經驗，將樺斑蝶（連同擬態樺斑蝶的黑端豹斑蝶、雌紅紫蛺蝶的雌蝶）排除在菜單之外。

　　被捕食樺斑蝶的死，遂成族群求生獻祭的儀典。

　　夏季剛開始的時候，樺斑蝶偶爾會到我陽台上的馬利筋產卵。他們神祕地得知這裡有一叢馬利筋，然後彷彿確認衣服質料的貴婦，以前足輕觸檢視葉片，確定這是否為撫育孩子的植物。即使樺斑蝶小心翼翼地只產下六、七枚卵，我盆栽裡的馬利筋還是毫不意外地注定被啃食殆盡。這些帶著四條虛張聲勢的肉鬚，白黑黃三色斑斕紋身的小傢伙，會藉助吃食馬利筋讓自己的體重增加超過三千倍。這數字似乎應該對照來看才顯得令人驚異，因為人類的體重從初生到成年約只增加近兩百倍。

　　初齡幼蟲嚙開食草葉背表皮，取食內側葉肉，那食痕像某種祕密的

甬道,透露出生命的行跡。隨著軀體和胃口的增加,食痕漸漸擴大成弧形孔洞,葉緣會因此溢出含毒乳汁。三齡後的幼蟲則會囓傷葉柄使葉片垂下,從葉緣取食。在蛻皮成長時,他們會依體型選擇足以遮住軀體的葉背,吐絲構成蟲座,然後緊抓著葉讓已經發育得過於膨脹的新軀體,穿裂舊皮囊掙脫出來。現在我們眼前的是一隻彷彿小花斑蛇的終齡幼蟲(約五齡),他們肆無忌憚地攀行在葉莖之間,吃葉、吃莖,有時甚至吃花。

當終齡幼蟲將身體屈成「J」字倒掛,意謂著生命將進入革命的階段,細胞的模式將在蛹期重組,彷彿透過什麼分子轉換器,變身成不同星球的生物。觀察終齡幼蟲蛻皮化蛹是絕對難忘的經歷,看似缺乏各種器官、還柔軟著的豆狀的蛹,以異常激烈的蠕動將舊皮褪下,擺脫(或者說撕裂)舊自我。然後以另一種「偽沉靜」的模式度過蛹期。

大約十天,細胞的分化、繁殖、重組已近完成。蛹壁變薄,色澤轉深,可以隱約看見蛹裡蝶翼的一角。等待,然後總是我分神的幾分鐘,從那隱喻著死亡的金色鍊狀紋間,蝶帶著潮濕柔軟的翅膀掙出,彷彿鼓足了勇氣面對這世界似地,緩緩步行到足以舒展雙翅的角落。

蝶翼展開,一匹金色的飛馬。

與其說這樺斑蝶從此獲得了「新生」,不如說他將從此時時刻刻面

對「死亡」。生存的唯一技能就是避開致死的因子，即使死神終究會追上失神、患病、衰老的肉體，他仍必須在被追上的前一刻，努力吸吮蜜汁，盡力跳著求愛之舞，不可停下腳步。舞、舞、舞。

其實所謂的毒蝶並不因為身具毒素而能抗拒所有的天敵。大樺斑蝶在越冬地的歐亞梅爾杉 (oyamel fir) 森林裡的生物，就演化出能消化大樺斑蝶毒性的胃，或挑走樺斑蝶體內毒性較集中的器官不吃的技能。黑頭金黃鸝 (black-headed oriole) 與黑頭松雀 (black-headed grosbeak) 從容地以喙撐斷大樺斑蝶的頭部，摘去雙翅，像老練的饕客避開河豚的毒囊般料理蝶的軀體，然後發出滿足的啼鳴。當地特有的黑耳鼠則具有超凡的毒素忍受力，牠們讓自己的繁殖期與大樺斑蝶來臨的時間點吻合，就像等待烏魚群的老練漁夫。

「不論一種策略有多麼完美，總有一種能夠化解這種策略的新戰略。」康乃爾大學的生物學教授湯馬斯・艾斯納 (Thomas Eisner) 如是說。他在研究千足蟲幾近完美的防禦天敵策略時，發現了一種巴西螞蟻也演化出特別的下顎來對付千足蟲。同樣的概念，愛默生 (Ralpnh Waldo Emerson) 早就以他的詩人之眼發現了：「自然雖然假裝違反自己的法則，但它永遠是始終一致的。它遵從自己的法則，好像是超越在這些律則之上。它裝備一隻動物，使它能夠生存在地球上，但同時又裝備

了另一種動物去摧毀它、消滅它」。

我不曉得臺灣鳥類及小型哺乳類是否演化出足以化解樺斑蝶毒素的胃，或料理樺斑蝶的廚藝。但在野外我多次看到蛛網上略顯黯淡的零碎樺斑蝶蝶翅，而蜘蛛仍在一旁冷靜守候著下一個獵物。那意味著即使蜘蛛不吃樺斑蝶，蛛網仍是樺斑蝶的祭壇。

蜘蛛以腹部末端的四個「紡織器」，製造出幾種不同功能與性質的絲線，懸掛在枝葉間，那是守候的死神，陰間的門戶。網上有兩組經緯絲用來捕捉昆蟲的，經絲是無黏性的乾性絲，而緯絲具有黏性，不會被風吹乾。蜘蛛平常只在經絲上行走，即使不小心碰到緯絲，腳前端的爪子及腳上的油脂也可以避免他被困在網上。

蛛網對喪命在此的樺斑蝶來說，其實不是一個愚蠢地守株待兔的網子，而是一個積極的陷阱。蛛網的構造簡直就像羅浮宮的壁飾一般複雜而充滿創意，部分蛛網在太陽光下是隱形的，它們就像一組緘默的殺手。而部分則能反射紫外線，發出與吸引昆蟲花朵相似的柔和光譜。一張蛛網就是一座結合光學、力學、化學總成的奇幻陷阱，一個主動誘導獵物「朝這裡來」的視覺誘餌。

充滿心臟糖毒素的樺斑蝶，很可能就是迷失在這種色彩的魔咒下，帶著愉悅的覓食心情墜入。也許也有某種蜘蛛能分泌出將樺斑蝶的肉

體轉化為醣的消化脢,將曾經飛行的生命消化,化為毒液、化為精子、化為演化出奇妙「光之獵食技能」的節肢怪獸的迅捷動能。

不過,對蝶來說,只有少數會死於獵食者手中,真正讓蝶群感到憂心的是食草或棲地的消逝。大樺斑蝶就面臨著在墨西哥的越冬林地消逝的生存危機。一旦越冬的森林消失,數千萬隻的大樺斑蝶將失去旅途的終點。

超過四千公里的世代接力飛行,將在那裡找到停棲處?

況且,森林的消失關涉的不只是食物鏈裡相互較勁、相互支持生存網絡的瓦解,甚或還關涉著異種生命間精神交通的失語。你如果聽過墨西哥人在前哥倫布時期的神話就會知道,大樺斑蝶的飛來被認為是死去人們魂魄的歸來。超過千萬隻的大樺斑蝶(或者說是死去人們的靈魂),每年在漸漸寒冷的季節聚在這裡凝視生者。倘若大樺斑蝶有一天消失,或許那些聆聽傳說,確信祖先依然以某種形式存在的墨西哥子民,將永遠和死者失去聯繫。那每年一度歸來的幽魂,將與記憶一同在陽光下雪融冰化。

所謂的死亡並非僅是意謂著一個軀體靈魂的離去,那些幽魂還帶走更多生者的眼神、淚水,以及其它。

在父親過世的一段時間後，我重讀了志賀直哉的〈城崎散記〉。

這篇志賀與死亡的對話錄，是作家在遇上車禍後靜養時所寫的。在那個連空氣都流動得十分慢的鄉間，一天早晨，他發現一隻蜜蜂死在玄關的屋頂上。牠「腳緊貼在腹部下，觸角無力地垂在臉上。其他的蜜蜂保持一貫的冷漠，只忙著進出蜂巢，完全無視旁邊的異狀。忙碌不堪的蜜蜂讓人感到牠們是一群活生生的生物，而一旁恆兀不動，永遠保持俯向姿勢的蜜蜂，則予人一種死亡的感覺。連續三天都是如此。看見牠就會產生一股寂靜的感覺，也是落寞的感覺。當其他的蜜蜂都入巢休息的黃昏，看到這隻躺在冷瓦上的蜂屍時，總會湧現一抹孤寂。但，一切就是這麼地平靜」。

志賀說，這時在他的內心深處，對死亡有著一種親切感。

不久，志賀在散步間於河邊看到一隻老鼠的求生歷程。那隻落水的老鼠頭上和喉嚨下部間扎了一根扦子，牠負傷游到登岸處，卻卡在石頭間，並被觀看的車伕和孩子丟擲石頭。志賀寫道：「我不想看老鼠的最後下場。即使沒有看牠死，但牠那在面臨註定必死的命運時，尚盡全力逃生的情景，卻牢牢地烙印在我腦海裡。我突然湧現一股厭惡的寂寞感。真的，在我希冀的靜寂面前，那種痛楚是一件可怕的事。儘管對死後的靜寂有著親切感，但死亡到達之前的這陣騷動仍舊是恐怖的。不

懂得自殺的動物在臨死前還是必須繼續努力」。他不禁問自己:「如果老鼠的情況發生在我身上,我該怎麼辦?我會像老鼠一般奮力不懈嗎」?

凡人必死,那驅鼠入河的石頭無處不在。我想像帶著可能隨時瀕臨死亡的病軀,推敲解答的志賀,在紙上以文字沙沙地測量自己面對死亡的體溫,彷彿清晨赤足散步在小徑上,一切在視線內和緩而平靜地往前推移著,朝露的冰涼與草莖微微的搔癢感,清晰地從腳底傳上來。

志賀寫道,「我想生存和死亡並非兩個極端,而且差距也不大」。海德格（Martin Heidegger）在《存在與時間》（*Being and Time*）裡說:「人是向死的存在」（being-toward-death）。而在拉斯馮提爾的《*The Kingdom*》裡,那個努力停留在生與死交界處「史維坦浦空間」的艾瑪老太太說:「死亡是相信靈魂的人的責任」。老師您所熟悉的新約,耶穌和使徒彼德不都用希臘字「離開」（exodus）來指陳死亡嗎?死亡只是離開只是離開。

軀體是靈魂的居室,也是死亡的居室,一個離開之後,另一個住進來,居室皸皸粉滅。我們必須流淚,保持做為一個生者的適當濕度與溫度。

康老師,您問我花多久時間走出喪父傷慟的那天,我說實在想不起來,時間,就這樣過去了。康老師,原諒我說了謊,其實時間根本沒有

過去,它們像龐貝城,完整地被掩埋在火山灰下,保持著某個奔跑、用餐、睡眠、愛與恐懼、肌肉緊張而又永久鬆弛的姿勢。我靜靜退出辦公室,輕輕帶上門,慢慢下樓梯,打開傘。

或許遺忘是必要的,海恩斯說。不是嗎?在英文裡,「致命的」(lethal)字源不也來自我曾寫過玉帶蔭蝶以之為屬名的「忘川」(lethe)?

遺忘是必要,卻不必然。開車回家的路上,許多畫面隨著高速公路的燈影在我腦裡流動。歐亞梅爾杉森林降著雪的深處有火,每處枝椏、每個樹洞、每枚針葉下懸吊著一串串大樺斑蝶僵直的身體(這樣的溫度,連靈魂都涼了),森林底層覆滿了數十萬隻凍死的大樺斑蝶屍體,死去的大樺斑蝶依然鮮豔,六條腿蜷縮,口器無力地拉長著。黑耳鼠竄上竄下,銜著蝶屍,轉動精靈的眼。高速公路的黃色燈光,隨著雨水流下來,化為液態的光。童年時養的一籠十姐妹夜裡被老鼠襲擊,一隻只剩下頭顱留在籠子沾血的一角,一隻留下殘翅,驚魂甫定的帶著惶惶的眼仍喳呼喳呼地吃著飼料。雪融了,化成水滲到土裡。當兵時替小黃掘洞時,牠的嘴角在南臺灣的烈陽下慢慢地淌出血來,昨天牠還搖著尾巴在我的五七步鎗上磨蹭呢。父親棺木上釘前我和大哥二哥替他戴上金戒指,那白手套底下堅硬的冰涼物體,就是父親的手嗎?(那就是曾經遞給我氣球的那雙手嗎?)

雨太大，雨刷的速度必須開到最快。

一隻大樺斑蝶飛了起來，一萬隻大樺斑蝶飛了起來，一千萬隻大樺斑蝶飛了起來，火燄飛了起來，春季飛了起來，意志力飛了起來，整片森林的葉子似乎都準備朝北飛去。一代的樺斑蝶無法完成全程，新生的蝶會接續旅程，飛行會斷會續。

或許，只有曾被賦予生命的物事，曾經歡愉憂傷的物事才會死亡吧──包括那些被我們視為「彷彿有生命」的無生命體。然而他們也可能會活轉過來，在某處。

老師，不曉得你曾經見過遷徙中的大樺斑蝶嗎？雖然我沒見過活著的大樺斑蝶，但在野外看到樺斑蝶就會引我幻想大樺斑蝶的遷徙景象。有機會，我一定要去墨西哥的歐亞梅爾杉森林，看看那些從北方而來的死者魂魄。而在那之前，我仍然樂意在陽台或野外的任何一處，細細地觀看這些飛行在臺灣土地上的「金色的馬」。

我的樺斑蝶，在黑暗觀景窗的狹窄視界裡，鍍了火燄的蝶翼微微顫動，你知道靈魂棲息在那動態的軀體裡，你知道一切歡愉與憂傷都棲息在那裡。你知道，

死亡是一隻樺斑蝶，歡愉與憂傷也是。

A Summer Day in My Mind

我所看見聽見的某個夏日

自然科學家如果逮著機會,將使彩虹解體。

濟慈(John Keats)

靈感是可談的東西,但不能在大學裡教。

史耐德(Gary Snyder)

晨午氣溫的曲線像一隻尺蠖行進的日子，我的喉結總像住了一隻麻雀般不安，醫生說是先天性的氣管過敏。因此當我約了房東看房子的時候，盡量保持沉默。房間很小，跳起來可以摸到天花板，使勁撐開雙臂可以摸到兩側，長度是一張床加上一個達新牌尼龍衣櫥。房東打開窗，風正經過外頭的綠竹林，寂靜隨著竹林擺動的節奏擴散過來。

　　決定租這房間，也許是因為我看到沒有紗窗的窗戶外，停憩著一把吉他。

　　我住進這個房間，論文寫的是王漁洋，那個獨標神韻，28歲就被錢謙益叮嚀「勿以獨角麟，儷彼萬牛毛」的清代大詩人。我常把眼睛擱到窗外的那把吉他上，舌尖像轉動一粒糖果，將那些柔軟而盈滿的聲音在頰中推滾：盡得風流、不著一字、田園丘壑、古澹、清遠、總其妙在神韻。漁洋是一個善長讓人意識模糊的催眠家，他誘使你唸詩，每一個字，都敲著鬱結在你僵硬的筋絡與心脈的祕密上，讓你的腦葉除了顫抖，暫時失去思維與辨識的能力。

　　我習慣在閱讀時將漁洋的詩話一字一句地打進去，看著兩百年前的話語一個字接一個字浮在螢幕上，像鑲嵌在光上的反回文。

　　鏡中之象，水中之月，相中之色，羚羊掛角，無跡可求，此興會也。

那天我正準備寫一章研究方法。寫著，然後 delete 掉，一個上午仍然無法使這篇文章多幾個字元。寫這論文或許是愚蠢的，因為即使以精密的手術分解詩的頭顱、皮骨與內臟，還是無法依這些零件，重組另一首詩的生命。就像即使你手中擁有組成生命的原始材料，還是沒辦法呼嚕一下子造出法布爾 (Jean-Henri Fabre) 所謂「能歡能悲的蛋白質」──一隻歌唱的黑蟋蟀來。

窗外陽光翻閱著每一片竹葉，但無法讀出竹葉布滿縱向的凹槽藏匿的那些密碼般的紋理。一隻紅嘴黑鵯停在那把吉他套的柄端上，喵喵叫著。那聲音有蜂蜜的黏稠與甜美，又帶點潮濕。他把頭往前微伸，像要吐出噎在喉間的糖果似地用力，像要把火燄般的心臟從紅色的嘴喙嘔出來似地用力。動物行為學家韋斯特 (Meredith J. West) 和金恩 (Andrew P. King) 曾經進行觀察，發現雄燕八哥特別在求愛季節喜歡用某種聲調的原因，是雌鳥會在她聽到所喜歡的曲調時，會將翅膀外翻以示鼓勵。那千分之一秒由翅膀發出的微笑，讓雄鳥深深記住這個愛情的曲調(記憶甚至藏在精子裡，傳給小雄燕八哥)。我的經驗是，一群紅嘴黑鵯嬉鬧時的音調常有極多變奏，單獨或立於高點的紅嘴黑鵯較常發出喵喵聲。這是他記憶愛情、渴求微笑的曲調嗎？

這問題對我來說，太過神韻。

黃蛺蝶

學名 *Polygonia c-aureum lunulata* Esaki & Nakahara，屬蛺蝶科。翅為橙黃色，翅面散布黑褐色斑點，翅緣呈鋸齒狀。翅腹面為灰黃色，有波紋狀花紋，展翅4.7-5cm。是夏季普遍可以看到的蛺蝶，飛行快速，但常停在植物葉面上日光浴。吸食花蜜也吸食腐果。幼蟲食草是桑科的葎草。（見彩圖十一及本篇扉頁素描）

    也太詩。我在電腦記錄上寫下：5月16日，第一隻紅嘴黑鵯在窗前出現。前半日難道窗前只路過一隻紅嘴黑鵯？我為自己連這塊兩尺乘三尺的天空都無法窮盡而懊惱，視網膜與聽覺鼓遺漏掉的是吸納進來的一萬倍，一千萬倍，不，也許是一億倍。我擁有一扇窗，但只能看到萬分之一的窗，聽到千萬分之一的窗，記得億分之一的窗。

    這幾個月來，《漁洋詩話》已經被我在每頁捺上數層的指紋了。還有《分甘餘話》、《香祖筆記》、《池北偶談》……，我必須承認，即使所有的字都認識，有些句子我還是讀不懂，只是卻覺得那些字都在它們該在的地方生長，像一座天然林。

    一個橙褐色的影子使馬櫻丹顫抖了一下，畫出一條孩童塗鴉般的飛行路線離開。孔雀紋蛺蝶？不不，我想是黃蛺蝶。你看，你的視覺暫留區還留著他多裂的後翅，和野性的豹紋，就像保留了一片草原。那不齊整的後翅告訴你他不是豹紋蝶，那豹樣的紋身告訴你他不是孔雀蛺蝶。我修改了我的記錄：「五月十六，今年在校園裡看到的第一隻紅嘴黑鵯帶來第一隻黃蛺蝶，在第一聲熊蟬鳴叫的一周之後，第一隻橙帶枝尺蛾被一個女學生誤以為藍色蝴蝶的三天之後。」

    必須倚靠記錄，我才能記得住時間，這些畫面幾乎是不分時序地疊

影在腦中。安海姆 (Rudolf Arnheim) 始終想證明視覺相較於時間具有精確性與優先性，證明我們靠翻閱記憶以存活的生命，是一部連綴起來的連環圖。他用那雙睿智又狡黠的眼問：當一個舞者以優美的舞姿跳過舞臺時，時間的流逝確實是我們體驗中的一個方面嗎？

難道我們會說她來自將來，通過現在然後跳到從前去了嗎？

時間主宰青春、衰亡、崩毀，但不主宰記憶。某些物事，不論它是否已像金星誕生一樣遙遠，我們的腦葉都能用一種神奇的載具將它召喚回來。我回來了，那是第一次看到西藏綠蛺蝶，停在血桐上，像血桐長出了翅膀；我回來了，在蘭嶼用盡全世界藍色油彩的海岸旁，池鷺進行著灰白分明的飛行。我回來了，那是面天樹蛙的眼睛，你的眼淚在他的虹膜上面流動，然後靜止，然後重新流動起來，然後你抬頭，看到天津四 3000 光年前燃燒的藍白色灰燼。我回來了，我所看見與聽見的。

我用意志力強制左眼瞄著電腦螢幕，右眼留在窗外，似乎還留在某個星宿上。

留在那把吉他上。是誰，以什麼樣的姿勢拋下那把吉他呢？而它又在綠竹上搖晃了多久？

紅嘴黑鵯不知道何時已經飛離。我叫出播放程式，讓 Bob Dylan 的指頭，以四十倍的轉速將凝止在光束中的聲音解凍。那口琴聲有一種能

將你的眼睛不斷向外撐開,並把世界摺疊進來的能力。Bob Dylan 站在不知高度的世界邊緣,靠著紫藍色的雲撥弦,Blowing in the wind。他的指尖流下汗,弦讓空氣爆裂。

　　打雷了。或者說你先看到竹林與相思樹頂住的那片天空失去亮度,然後世界在光速中明滅了數次,閃電是一道每秒奔走九萬三千英哩的鋒利筆跡,雷聲波浪挾著強大的震動而來。你的腦袋彷彿被一本巨大的書敲擊了一下。

　　下雨了。或者說你先是看到竹林與相思樹彷彿是靜止在赤道無風帶上的帆,然後風突然讓你的眼睛脫焦,嘴銜著一枚雀榕種子的白頭翁回頭望了你一眼。你的皮膚像被冰毛巾撫過,起了疙瘩。

　　這雨讓我飽受漁洋曖昧、魅影重重的文字折磨、誘惑的思緒,略略冷靜下來。

　　像是將整個夏天的雨都要集中在這一天揮霍掉,沒有一隻蒼蠅能找到空隙飛行。窗緣原本排隊到馬櫻丹上巡視蚜蟲的黑蟻隊伍被雨水打亂,有幾隻腳不幸被雨黏住,正在用其餘的腳使勁划動。但不久他們便像趴在一個巨大的水晶球上,而水晶球又融成湖泊。被隔絕在水線外的蟻群則驚訝前行者腹部腺體留下的氣味之路不見了,跳起驚惶的圓圈之

舞。

　　昨天晚上出現俗稱「大水蛾」的白蟻婚飛，早晨路燈下鋪上薄薄一層脫落的褐翼，現在這些短暫的飛行器變成浮在雨水上的小舟。而金龜子被房間檯燈穿透毛玻璃的發光頻率所吸引，整夜用堅硬的翅鞘求我開窗。早晨我在路燈下撿到其中幾個可能是撞暈的傢伙，有的是青銅金龜，有的是藍帶條金龜。前者翅鞘如鏡般發出幽燐的綠光，後者光線將翅鞘錘鍛成青銅，上頭模鑄著樸拙的縱紋。紫紅蜻蜓則停在水池旁枯枝上，為避免體溫急速升高，尾部像時針指著太陽。正午的時候甚至倒立，直到偶爾有雲勸他鬆懈一下。這幾天陽光都像要融化我的意志力一樣冷酷，卻又和悅地誘使咸豐草、槭葉牽牛、金午時花在相思林的外緣過度興奮地開放。

　　或許這一切都是夏的徵兆，這場雨的徵兆。

　　現在你只能聽到雨巴掌似地俐落摑著發燙的地。吉他袋讓雨發出了有別於落在地上與樹葉上的沙沙聲，一種有塑膠感的聲音。我想沒人會把吉他刻意吊上竹林，除非是二樓以上的高度往下拋。或許住隔壁的那位朋友曾經想成為 Jimi Hendrix，嘗試把靈魂彈進吉

藍帶條金龜
Anomala aulacoidea

他的空心裡。那麼，為何又要拋棄呢？

Jimi 說：音樂是宗教，長存不滅。

一把吉他撞擊到綠竹上，不曉得是什麼樣的音樂？什麼樣的宗教儀式？

詩也是宗教。選擇這題目時，教授說「神韻」是非常難做的。是的，我知道，解釋「神韻」的難度其實相當於解釋美，那是一種你拿出「解釋」的套索，就當場自殺的驕傲生命。有一位教授曾對我一篇論文不以為然，他認為用詞太文學性，缺乏說服力。但我以為漁洋的「神韻」和退特 (Allen Tate) 費了數萬言解釋的「張力」，說服力其實產生在不同的關節上。漁洋說：大抵古人詩畫，只取興會神到，若刻舟緣木求之，失其指矣。

史耐德 (Gary Snyder) 則說：靈感是可談的東西，但不能在大學裡教。

關於夏天的雨，除了氣象學、物理學與生態學外，也有些東西不能在大學裡教。那雨怕應了濟慈 (John Keats) 的抱怨：自然科學家如果逮著機會，將使彩虹解體。

雨下了約三片 CD 的時間，然後以不可思議的速度隱匿。現在的天空是剛被創造出來的。我穿上運動鞋，走到屋外。

　　其實雨並沒有消失，你看那稻子快滴出水的青綠就知道，你看田溝裡以一種執拗的急促流動的水就知道；你吸一口氣，然後肺與毛孔會知道。雨水並未消失，分隔田界的竹子也知道。據《竹書》所載，桂竹能貯存夏日的陽光和雨水揉成一種翠綠的力量，一天竟可拔高 24.5 公分。雨並未消失，在帶著細毛的酢醬草葉面上，現在是帶著夕陽色的珍珠。

　　吉他袋裡有吉他嗎？我從來沒有嘗試把那把吉他拿下來一探究竟的念頭，但這場雨讓我的念頭發芽了。站在窗口下，那竹子出乎我意想的高。袋子的拉鏈有幾處都裂開了，裡頭深黝黝地，像一個宇宙。我拾起地上一枝長樹枝，往那宇宙裡頭探……沒有碰撞的實感，沒有吉他，這只是一個吉他袋，空袋。我不能否認有點失望，脖子停在那個角度，就像紫紅蜻蜓高舉他的尾部。

　　就在這時候，一個清亮的鳴聲，讓我眼前的黑暗宇宙突然爆炸了，超過五百赫的聲頻細針般射入皮膚，順著靜脈擊刺心臟。那聲音就在附近，我想是澤蛙。

　　就在我嘗試從那些臨時的水潭中找出他時，幾百個宇宙爆炸穿越光年傳進耳膜，空氣顫抖著，我的血液顫抖著，地面顫抖著，夏日顫抖

著。手錶指著五點半,太陽將落未落,世界還亮著,田裡的澤蛙們因為這場雨使真皮層黏膜感到舒暢,而放聲了。一隻雄澤蛙就是一把自己能發聲的吉他,現在田裡有幾把呢?我蹲在石頭上找到那發出第一聲的傢伙,有條金黃色的背中線。對我來說那是一條眩目的黃金之鍊,對他來說是生命之鍊,這線可以破壞輪廓,干擾捕食者的攻擊判斷。他的單一鳴囊將空氣困住,震出獨特音頻的情話,雌蛙負責聆聽。根據蛙類學家的研究,雌蛙讓聲音經中耳進入耳咽管,再經過口腔到另一耳的耳咽管,再回到中耳。藉同耳兩遍的音頻撞擊,藉以定出雄蛙的方位來。而某些蛙肺的一部分甚至會隨著耳膜一起震動,讓這情話在身體裡一遍遍傳誦。

　　這撞擊傳到她強壯的後腿上,她泅泳了,她跳躍了,她顫抖了。

　　我的耳膜也顫抖著,並且激動地咳嗽。約一個小時後我聽到黑眶蟾蜍,再五分鐘後我聽到貢德氏赤蛙野犬般的吠聲,把已爬到墨藍色天空上的月,叫喚得驚人的亮。

　　我幾度站起來,幾度又蹲了下來。我想我必須看看聽聽這樣的夏日,逼漁洋自殺的事,明天再說吧。

載於 2002 年 2 月,《幼獅文藝》第 578 期,收錄於《中華文學大系散文卷續編》(九歌,2003)

下卷・行書

方向言說八千尺當霧經過翠峰湖行書

當肉體行走時，意識也在行走，書寫是凝止的符咒。行走是思維，文字是化石，
唯有透過你的挖掘、撫觸與翻閱，一切才活轉過來。
行走之書，是寫給你與蓋婭的書信，是腳步、思維與筆合構的「土占」(geomancy)。

Tanayiku

Tanayiku　達娜伊谷

高村長跟我們解釋說，Tanayiku就是沒有憂愁的意思。我咀嚼著沒有憂愁的意思的意思——那究竟指的是山谷與山谷中生命所感受的，還是人們在這裡所獲得的？或是。或是。山美鄒人、我，和整個達娜伊谷都在沉思著。

雅古依說:「到了沒有檳榔樹的地方,就是 savigi(山美)。」我順著她睫毛指引的方向望去,看見一面牆上寫著札札亞。「山美第一鄰到了。」

車子隨著山路的節奏舞擺,熄了冷氣,讓桂竹與麻竹將熱帶闊葉林營孕的清涼空氣,煽進車裡來。過了龍美,我們一路下降,像一尾渴著的小剪尾,帶著跳躍的尾羽與心情尋找可以解飲的暢美水域。

我們準備降落到山美鄒人的聖地,達娜伊谷 (Tanayiku)。被認為是李奧波 (Aldo Leopold) 重要詮釋者的環境倫理學家柯倍德教授 (J. Baird Callicott) 與他的妻子不斷張望著車窗外的熱帶山林,彷彿初臨南國的候鳥,以興奮的眼神向開著車的全國城先生詢問著達娜伊谷的種種。他說,美國少見這樣的林相與地景。

車上還有生態關懷者協會的陳慈美老師,以及陪我們一同上山的鄒族女孩雅古依。從嘉義市經一個多小時的車程,我們由雅古依帶領,坐在山美村新建的,全然漢人品味的多功能社區活動中心裡。

負責簡介的是高正勝村長,他戴著紅色的巾帽,帽緣裝飾著應該是貝類的微小飾品。陽光浪拍過來,使他的眼神帶著一種具有想像力的顏色。

Tanayiku,高正勝村長以略帶憂愁的眼神說,Tanayiku 意即一個沒有憂愁的地方。

數百年前，鄒族因為某一種詭祕疾病的侵襲而喪失多數族人，那時漢人正逐漸從海的那端不斷湧入海島，或豪奪或交易取得適合栽植的土地的主導權。高村長說，鄒人原本有權向漢人徵稅，漢人也會在鄒人前往時，以好食好酒相待，為共同生存在這片土地上的因緣痛飲。但瘟神改變了漢人的態度，族群力量衰減的鄒人，在徵稅時受到人口日漸增多的漢人羞辱、嘲弄。

　　族群與族群間的平等交往，往往只建立在實力原則上，實力不等時，就沒有平等。從十萬人削減為數千人的鄒族於是選擇避開瘟神與漢人，向山區遷移。

　　村長口中的「怪病」，讓我想起戴蒙（Jared Diamond）提到在殖民時期，隨殖民者帶來的新病菌，原住民往往沒有抵抗能力，而先被新移入者一併帶入的疾病「征服」。當年美洲殖民者「西征」之時，發現天花與車前草（英文名為英國人的腳）竟比軍隊還快。而中南美洲輕易地被歐洲人征服，除了金髮碧眼的「天神」形象外，傳染病削弱了原住民的抵抗力，或許是另一個重要因素。

　　病菌與漢人帶來的農耕方式，想必使得鄒人對這片被改造過的土地感到陌生。就像克羅斯比（Alfred W. Crosby）口中所謂的「生態殖民」(ecological colonial)，政治與文化的改變，往往就在殖民者改變地

達娜伊谷 143

景的過程中完成。

　　土地被改變,自然景觀被改變,歷史也將被改變。關於吳鳳,高村長說他從老人家那裡聽到的,其實是一個活動於漢、鄒間的通譯官。由於鄒人發現吳鳳多次在轉手稅貨時暗扣財貨,引發漢、鄒間的誤解,於是鄒人便處決了吳鳳。

　　「就在這個地方,我的祖先,殺了欺騙我們的吳鳳」。高村長指著門外,臉部線條山一般堅硬起來。

　　從阿里山公路上山時,我還曾向左望了望往吳鳳廟的道路,不知道廟裡的情形現在怎麼樣了？1988年12月31日,鄒族原住民青年共同以鋼索及電鋸推倒嘉義車站前的吳鳳銅像,在銅像倒下的隔年,山美人開始保護達娜伊谷,而漢人苦心經營的吳鳳魂魄則從教科書裡離開。圍繞著這一顆「捨身取義」或是「罪該如此」的人頭的,不只是「一樁往事」,而是族群共存時主導者取得歷史敘述發言權的繁複糾葛。

　　高村長的獼猴與狼犬帶領我們進入達娜伊谷,獼猴幼年時被獸夾奪去了一截小腿,高村長因此收養他下來。雖然缺了一截腿,還是原比同為靈長類的我們靈活。他不時躍上山蕉上提醒,面對溪流不能只用人類的高度,還必須顧及獼猴、澗鳥、隱身在路旁鳥榕上的枯葉蝶,以及

溪裡鯝魚的視角。森林中的生命們，都以寄望的眼神望著溪流。

達娜伊谷就是山美鄒族實質生活與想像力的動脈。過去達娜伊谷曾被分成五個區段，以她豐富的生命力扶養著部落的五大家族。

但因為阿里山公路的開通，使得鯝魚的殺手可以深入這條曾文溪上游的溪谷。村民也一度受到強勢文明的經濟蠱惑，他們在枯水期溯溪電魚、毒魚，凌遲缺乏憂愁的達娜伊谷。

當達娜伊谷失去鯝魚時，澗鳥也失去了飛臨溪谷的意義。山美鄒人只能在記憶中溫習「沒有憂愁」的天賜。高村長說，那時留在山美的年輕人，常常問「我們該怎麼辦？」高村長認為，這個問題只有健康活著的達娜伊谷才能解答。於是他帶著兒子們夜晚巡溪，並面對不同意見族人的壓力。高村長說：「或許是因為我小時候被百步蛇咬過，差一點死掉，所以才有勇氣吧。」就像百步蛇改變高村長對生命的態度，高村長也改變了山美鄒人的態度。漸漸族人們相信達娜伊谷就流動在自己的體內，保護達娜伊谷，即是保護自己。

當五大家族決定放棄自己溪段的管理權，便意謂著，山美村民開始重新拾回他們理解土地的方式。那個因為外力與經濟因素而不斷失去林木、土地與族群尊嚴而一度失憶的生活方式。

那年是一九八九，鄒族重新以生命的眼光看待生命。

雌白黃蝶

學名*Ixias pyrene insignis* Butler，屬粉蝶科，又稱橙粉蝶。雄蝶正面為黃色，前翅有橙色斑，前後翅緣皆散生灰黑色鱗粉。雌蝶翅正面為灰白色，無橙色斑。腹面皆呈黃色。展翅4-4.5cm，幼蟲攝食白花菜科的銳葉山柑。在中南部的吸水蝶群裡，淡紫與雌白兩種粉蝶常一起出現。(見彩圖九及本文扉頁素描)

高村長回憶，曾經有一次，幾個外地人趁夜電魚，巡溪員回村廣播，一百多位村民沿著達娜伊谷搜索，圍住驚慌的盜獵者。靜默的暗黑中，二百多雙在夜裡閃亮的鄒人憤慨的眼，讓盜獵者以為遇上天遣的河神兵將。

走在搖晃的吊橋上，我面對的達娜伊谷，正因這種重新被召魂的生活方式，粼粼發光。發光的是側著身子，攝食溪石上苔藻的鯝魚，也是因禁獵禁伐，而重新找到生存勇氣的族群生命。

在第一賞魚區的吊橋下，我脫離了參觀的行伍，鑽進一處岩洞後的濕地。經驗告訴我，溪谷旁的濕地，常是蝶群聚集吸水的廣場。果然在我眼前一公尺處，正是一個由淡紫粉蝶、雌白黃蝶、斑粉蝶、無尾白紋鳳蝶、姬黃三線蝶組成的吸水群落。他們如一群在球場上，互相鼓勵的球員般，緊密團聚，並不斷變換姿勢，用口器探吻土地，翅翼如蛤蚌張闔，鼓動氣流將我吸近。

雌白黃蝶翅端的紅斑配上黃色，除了中、南部的溪谷外，記錄上，北部沒有她們的形跡；淡紫粉蝶夾雜其間，像是為了怕配色單調而刻意加入的，他們的翅腹面與翅背面差異甚大，展翅極像臺灣粉蝶；斑粉蝶常不知何故飛起旋繞幾圈，直到看我無甚動靜，才又擠到雌白黃蝶的中

斑粉蝶

學名*Prioneris thestylis formosana* Fruhstorfer，屬粉蝶科，又稱鋸粉蝶。翅正面為白色，翅脈附近散生黑色鱗粉，雌蝶底色偏黃，且黑斑較多。翅腹面為黃色，翅脈上有灰黑色鱗粉。展翅6.4-7.2cm，幼蟲食草為白花菜科的銳葉山柑。(見彩圖十三)

間。

　　無尾白紋掉頭就走。

　　姬黃三線蝶只有一隻，靜靜地一動不動。過去也常常發現三線蝶或單帶蛺蝶在熟爛的蓮霧樹下，吸到原本直立的翅膀逐漸傾斜，也許是醉了。

　　我蹲坐持著相機，以為自己成了達娜伊谷旁的一枚石頭。

　　這時柯倍德教授的太太走過來，我以手指引著地上的那群在溪畔話著家常的蝶群們，她興奮地舉起傻瓜相機猛按快門。雖然我知道傻瓜相機沒辦法拍出足夠大的影像，但還是沒有阻止她「浪費底片」。其實，沖洗出來的照片中的蝶群是否清晰並不重要，因為就我與蝴蝶接觸的心情，我推想即使距離一個太平洋之遙，這群蝴蝶也將清晰地顯影在她腦葉中關於臺灣的記憶區裡──當一切都老化的時候。

　　轉身的剎那我又發現一隻停駐在薑香薊的豔麗粉蝶，從色彩的組合約略可以推斷可能是斑粉蝶，達娜伊谷的海拔不高，胡麻斑或韋氏胡麻斑出現的機率應該很低。這些看似形貌相近的蝴蝶，無論幼生期與成熟期都有著不同的食性，觀察時的情境，成了我們認識他們的一條小徑，沒有一隻斑粉蝶的幼蟲能忍受嚼食白花菜科以外的植株，而韋氏胡麻斑粉蝶，也不能忍受燠熱的谷地。

達娜伊谷　147

就像雅古依和淑慧告訴我,她們不習慣臺北的視野,那「窄窄的」城市,讓她們感到極度的不安,所以就回到家鄉的教會工作。我們沒有權力與能力,要求斑粉蝶和韋氏胡麻斑粉蝶一起嚼食忍冬葉桑寄生,如同我們沒有權力與能力要求鄒族人習慣都市的視野,「一起過進步的生活」。

　　我問了雅古依鄒族人對於蝴蝶的看法及有關的傳說,她說,「有一種很大的土色的蝴蝶,如果他們飛到你的房子裡,就表示好運,表示今天你可以去打獵。」我在腦袋裡轉動著各種「土色」、「巨大」的蝶,猜想那可能是巨大的環紋蝶,或者是被雅古依誤為蝶的皇蛾、蘿紋蛾或天蠶蛾吧?

　　相信蝴蝶或蛾飛進屋子裡帶來獵捕的幸運,就彷彿相信其它生命的存在,會帶給人類幸運一樣。

　　當柯倍德教授以口哨召喚興奮得失了魂的我前進時,一隻枯葉蝶從我眼前竄飛,我清楚地看見他翅背的藍光與橙帶,像節慶舞蹈的飛旋彩帶,以驚人的速度旋繞樹間。但我知道不能沉迷,必須跟隨他的節奏,否則一旦他停憩下來,又將「植物化」成一片樹葉。果然,幾秒後,谷旁的森林,將他抱了回去。在同一瞬間,我相信另一隻舞姿更為

枯葉蝶

學名*Kallima inachus formosana* Fruhstorfer，屬蛺蝶科蛺蝶亞科。翅底為藍色，前翅有一橙色斜帶。翅腹面近似植物葉面的色澤，故合翅時彷彿一片枯葉。展翅6-7.5cm，雖然有良好的偽裝，仍是非常機警的蝶種。幼蟲攝食爵床科的臺灣馬藍、蘭崁馬蘭及臺灣鱗球花，全臺皆有分布。(見彩圖十四)

罕見的黃帶枯葉蝶，從被我驚擾的左前方閃過；只是我的眼球和枯葉蝶接觸的時間，可能比接觸黃帶枯葉蝶多了百分之一秒，於是讓我懷疑是否是一種過於興奮而產生的幻覺。

一路上我至少發現了五隻枯葉蝶(隔天再上山也記錄了四隻)，這意味著有相當群落的臺灣鱗球花，在這片溪谷的某處安靜地仰望著陽光，撫養這群活的枯葉。

沿著溪流繼續前進，我的眼光從來不只停留在溪裡游繪水紋的鯝魚身上。因為我知道，鯝魚只是一個象徵，達娜伊谷不能只有鯝魚，也必須讓枯葉蝶、淡紫粉蝶、雌白黃蝶繼續生命，不能只有枯葉蝶、雌白黃蝶，還要有撫養他們子嗣的臺灣鱗球花與銳葉山柑。即使路旁以華麗技巧捕食的銀腹蜘蛛，都是使達娜伊谷生命勃勃的一枚粼光。

繼續前進，我們在路旁鄒人擺設的簡單棚子裡吃了一碗山愛玉。高村長指引了山愛玉的植株給我們看，一位鄒族小朋友，則害羞地向柯倍德展示他的腰刀。猴子趁機攀上山蕉，尋找捲葉中的某種鱗翅目幼蟲(好像是香蕉挵蝶)，補充蛋白質，空地上琉璃蛺蝶在巡弋著。而我意外地在石階旁，發現一隻保育類的臺灣大鍬——他的左前足折斷，活動力低，看來已處在瀕死狀態。

這是達娜伊谷的午後，溪水極近，但溪水聲卻像在遠方。

臺灣大鍬形蟲
Dorcus formosanus Miwa

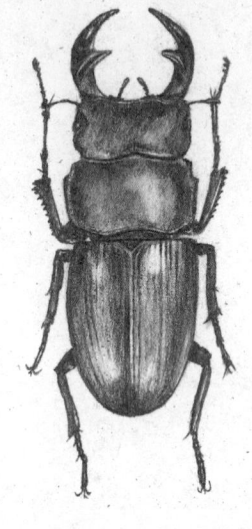

　　在這次來臺參訪的一次演講裡，柯倍德曾說，原住民與獵物之間，存在著某種靈性的關係。獵人懂得何時捕獵，何時應該讓大地生育，其實是一種生命與自然界的需索契約。現今山美人保育鯝魚，或許也在實踐某種新的人與獵物存在的靈性關係。鯝魚滅絕了，達娜伊谷成為死溪，在某種意義上，山美人將失去存活的憑藉，而終需完全被另一個擁有政治力的文化所吞沒。贊同保育達娜伊谷的山美人捕食鯝魚、藉鯝魚吸引觀光客，而鯝魚與達娜伊谷也依藉山美人的保護，而免除被人(包括山美人與漢人)消滅的危險。

　　至於鯝魚與山美人，是否還是維持著百年前那種靈性關係，或許不是重點。唯一可知的是，農民、獵人與觀光來維繫生存的人們，都必須要對土地有更超乎尋常的尊重，因為他們的獲利資本幾乎全來自自然的慷慨，而非僅僅是人們的勞力付出。

　　李奧波與他的信仰者柯倍德教授都相信，真正的保育為「人與自然和諧相處的狀態」，而人類必須提供「所有與人類一同在進化旅程中的伙伴」生存的空間，因為其它的生命也同樣具有內在的生存價值。然而，當媒體與外地人只希望遠途來看達娜伊谷保育成功鄒族人「真正的

魚」的鯝魚時，被山美人特意介入溪谷生態來保護的鯝魚，是否已經無形中造成單一族群的扭曲膨脹？鯝魚在這裡接受遊客手中拋下的人工飼料的餵食，那個撒下飼料的微笑與興奮，會不會使鯝魚與遊客成為一種短暫的、出租式的豢養與被豢養的關係？如同公園裡養肥而喪失振翅返回原鄉慾望的綠頭鴨，那雙翅膀，怎樣也拍不出為渴求歸鄉而飛行的動人弧線。當自然或原住民文化的某些物事，被拿來販賣的時候，「被餵養在溪裡的鯝魚」，和「被豢養在水族館裡的鯝魚」之間的差別在哪裡？

對我來說，或許山美人讓鯝魚重現達娜伊谷的同時，也應該讓鄒族傳說中雨傘節和魚交配產下的石斑，及雅古依口中已經很久沒見的鰻魚，與鯝魚競爭在溪流裡游泅的權利。否則，那鯝魚閃動著光的身軀，將會成為另一個遺憾（或者霸權）的隱喻。

在路上，我看著夾道刻意栽植的馬櫻丹、鳳仙花、紅蓮蕉與射干，疑惑如同鬼針草黏沾在思慮上，刺癢難忍。這些為了引蝶被人栽植，最終侵占到其它植物生存場域的小花，真能代表成功的保育價值？而「山美經驗」成功後受政府補助，一路正在翻修步道。那些水泥灌漿製成的堅固欄竿，準備上漆偽裝成綠竹，沿溪站立。或許等步道完成，我這種不適於山崖奔行的笨拙腳步將獲得了安全的保障，但官方的、倫俗的

美感品味,會不會在清秀的達娜伊谷留下俗豔的濃妝,而使她失去天然的線條?來到達娜伊谷的人們,會不會當這裡是一個人造公園(事實上,步道旁就建了一座中國式涼亭),而遺忘了她的野性?

體驗自然不只是讚嘆美景,或許,也必須去摸觸她的暴烈、變動與複雜。

但面對強勢的消費文化,不這樣,又能如何。何況我的這些想法,或是另外一種毫不考慮山美人生存的天真。與其說我的這一連串問句是質疑山美經驗的盲點,不如說是我自己對自己無法提出解答的焦慮吧。

不過關於環境思索的問句的解答,往往是另一個問句(就像古人以詩來應答詩一樣)。問句無法回答問句,但不斷繁殖的問句,讓我們相信自己不是盲著眼被牽到決策者建築的唯一官道,讓生命的顫動變成單調。或許就像米蘭・昆德拉在《生活在他方》的序言裡所說的那句箴言,「這些問題本身就已經是一個回答」。

那問號是一隻鷺鷥思維的姿勢、一支拐杖、一把鴨嘴鋤,讓我們在土地中翻找滋沃靈魂的可能性。

我想起柯倍德教授前周曾在陳健一先生的帶領下,踏查林口海岸附近被採砂者挖掘的狀況。他面對著那窟挖砂者「製造」出來約三、四層

樓深的谷地,問:你們知道「魔鬼的交易」嗎?我們搖搖頭。柯倍德說,比方說如果為了建房子勢必要取砂,那麼你贊成挖海砂、陸砂,還是溪、河床的砂?

我忘了大家是怎麼回答的,因為當時這句話讓我深深陷入思慮的困窘,而失了神。

人類已不可能走向不用砂而建屋的路上去。或許將來會有新替代物質出現,但我們不知道還要多久,而現在人口與都市建築的膨脹都不可能使我們欺騙自己可以阻止採砂。山美人也需要觀光業來維持部落人們維護達娜伊谷的信心,他們必須擺盪在媚俗與保存純樸色澤的獨木橋間,小心翼翼。

午後的達娜伊谷,落起冰涼的、纖細的小雨。彷彿千萬隻鯝魚泅上了岸,躺在楠樹葉上,躺在濕滑的巨大溪石上,在藍得無法看見雨來自何處的天空中閃動著沉思的光。

達娜伊谷與山美鄒人都在沉思著。

離開達娜伊谷前的短暫休息,我用相機追蹤著頑皮的眼紋擬蛺蝶,在北部,遇到亮眼橙色的孔雀紋蛺蝶機會來得大些。我在觀景窗裡和他翅上宛如用夏天陽光清洗過的眼紋對看,彼此帶著緊張、不信任,以及好奇。高村長在一旁看著我,眼紋擬蛺蝶不安分地從一朵花躍飛

達娜伊谷 153

到另一朵上,讓我幾分鐘後才有機會按下快門,鬆口氣,滿意地笑了出來。我轉頭對高村長說:「跟他比耐心。」高村長點點頭笑了。

一件需要耐心的事。關於讓達娜伊谷能微笑這回事。

The Witness of My Own Birth

The Witness of My 目睹自己的誕生

當大紫蛺蝶從樹冠滑下,彷彿恩賜平落在我腳尖前三公尺左右的距離時,我的靈魂與影子同時被他翅基蔓衍出的魔幻紫光釘住;這時小臂起了疙瘩,膝蓋像是被濕毛巾擦過,手心正在釋放汗水,我意識到自己正處在一種血液興奮增溫,心頭卻感到極度寒冷的奇妙生理狀態──我想我有點懂了,十歲時的艾薩克初次見到森林時,是如何地「恍如目睹了自己的誕生」。

一

　　三十歲的那年，我第一次為自己立了遺囑。所謂遺囑，其實是一種多餘而沒有必要的執念。當我們的生命消逝之後，何必還留著所謂「希望如何如何」之類的東西？但我還是立了遺囑。畢竟，立遺囑這回事有讓我「身而為人」的感覺，除了人以外，恐怕沒有任何生物會交待自己的身後事。

　　三十歲的那年我騎了單車試圖穿越我常去的觀察地點北橫，從上坡的那一刻開始，就理解到這一天將會在我的生命裡留下些什麼。一開始騎上北橫時我還時時下車拍攝路旁的紫單帶蛺蝶、無尾白紋鳳蝶或青斑蝶，但很快地我就體認到，體力在當你以一部單車為交通工具時是如何珍貴。它們不會在休息後完全回來，而是像愈拉愈鬆的橡皮筋，終究會讓你成為一具癱垮的軀體。

　　我三十歲生日的前一天從中壢出發騎過復興穿過霞雲經過東眼山，不像過去時時停下機車走進山邊的小徑，疲勞和疼痛讓我稍稍體會一隻鷸鳥有時間寧可蜷縮著身子的心情。長程旅行的途中除了目的地以外不該想及其它，一旦身體損壞了旅行可能就要終止。人類像所有的生物一樣，潛存著藉遷徙來擴散自身基因與尋找新生境的基因。我們有時期待一種不一定舒適卻充滿未知的旅行方式，那種離開安穩的被窩探望

陌生所在的自然衝動裡,有緊張疲憊沮喪無奈,還埋伏著我們稱為「浪漫」的某種情緒——一種讓我們忘記疲勞、危險與忠告的麻藥。

福克納 (William Cuthbert Faulkner) 的《熊》裡有一段敘述。經驗老到的獵人山姆 (Sam Fathers) 對初入森林的少年艾薩克 (Issac McCaslin) 說:你必須選擇——

帶著鎗見不到如同「蠻荒生活的幽靈、縮影」的巨熊老斑 (Old Ben),不帶著鎗則必須冒生命危險進入「依循古老而嚴厲的法則」,無時或緩的生存競爭裡。當艾薩克選擇不帶鎗不告知大人進入森林時,體內的冒險與浪漫基因同時燥動。那時的艾薩克是一頭活生生的動物,危險對他來說只是生存本質的一部分。

那天我騎過巴陵橋的時候已近黃昏,大漢溪水在這裡散漫出一塊較平坦的沖積地。將單車停在過橋後的山洞旁,眼前的森林在人們的墾植下固執地展現著零碎卻確實存在的野性姿態。我想起去年這個時候在上巴陵走進一條被水蜜桃園包圍的小徑,然後在地上看到兩張飄動的影子。我抬起頭來,張望到某種啟示。那是我與大紫蛺蝶的初遇。

大紫蛺蝶擁有寬大的翼幅,這使得他們常藉著風勢飛行,彷如鷹隼。就在我緊張到忘記舉起相機的時候,其中一隻從樹冠滑下,彷彿恩賜平落在我腳尖前三公尺左右的距離。我的靈魂與影子同時被他翅基

目睹自己的誕生

部蔓衍的魔幻紫光釘住,小臂因此起了疙瘩,膝蓋像被濕毛巾擦過,手心正在釋放汗水。

　　一年一生的大紫蛺蝶曾經是萬華也可以見到的蝶種,但現在的生存空間則被壓縮到巴陵的一隅,一步步退守有朴樹的家鄉,試圖把翅翼上的紫色幻光傳遞下去。但他們的食草朴樹被農民取去做香菇椴木,幼蟲躲在落葉堆裡越冬時,又被「維持清潔」的人們掃去。

　　(但又有誰知道,那堆腐敗裡有森林的珍藏?)

　　大紫蛺蝶的族群被日人以明治、大正時期昆蟲學者「佐佐木忠次郎」屬名,並將日本產的大紫蛺蝶訂為「國蝶」。這種天然紀念物對日本人來說具有象徵上的意義,捕捉是會引起公憤的事。而臺灣產的大紫蛺蝶體型更大,紫光更夢幻,我私底下曾聽說有日本蝶類收藏家以誘人的價錢促請此地的捕蟲人捕捉。我從來不相信大紫蛺蝶被追逐的壓力已因他被列入保育類而消失,就像蘇門答臘犀牛的命運,當他們被訂下的「貨幣價值」遠高於「勞務應得」的時候(一隻蘇門答臘犀牛角可以讓當地受雇的盜獵者近十年不用工作),任何保護政策都會失去力量。

　　臺灣三種最被注目的瀕危蝶種(寬尾鳳蝶、大紫蛺蝶、珠光鳳蝶),都面臨著「HIPPO」不同程度的壓力——棲地破壞(Habitat destruction)、侵入性物種(Invasive species)、污染(Pollution)、人口過

大紫蛺蝶

學名*Sasakia charonda formosana* Shirozu，屬鱗翅目蛺蝶科蛺蝶亞科，是被列為保育類的蝶種。展翅可達10公分，翅背面有會發出藍紫色的物理鱗片。由於數量很少，且只分布在北橫的局部區域，和寬尾鳳蝶、珠光鳳蝶一樣可能有滅絕的危機。幼蟲的食草是榆科的朴樹。(參見彩圖十六)

剩 (Population)、過度採收 (Overharvesting)。其中又以 H、兩個 P 和 O 影響最大 (第一個 P 包含人類用殺蟲劑或除草劑)。或許有人認為採集成蝶並不會對蝶族群造成強烈打擊，因為雌蝶可能已產完卵，雄蝶可能已交配過。但人們要的是「新鮮」、「完整」的蝶標本，因此蛹也常常是採集者採集的目標。我也曾聽說採集者將整段含有臺灣大鍬卵及幼蟲的枯木帶走，簡直就像把牠們生存的星球整個搬走。

H‧I‧P‧P‧O。

大紫蛺蝶遭遇到太多在野地演化史中無法理解的危險，於是在蝶類中算是少產的他們 (一次約產五、六十枚卵)，只能以維持現有數量的努力活存下來，一次颱風或土石流都可能摧毀這些局部的棲地，讓那道紫光成為歎息。

而在我眼前有兩隻，一隻在觀景窗裡。

我舉起我的鎗 (相機)，啪啪地叩了幾下板機，突然間覺得自己冒犯了某種物事。

當艾薩克看到老斑不匆迫、不跑動，彷彿來自稀薄空氣的腳印時，他感到自己的身體「毫不疲倦、心中熱切、沒有懷疑或恐怖，一顆心堅強而快速地輕輕跳動著」。然後他看到老斑在森林裡，紋風不動，「固

定在蒼翠而無風的中午那種暑熱的斑駁當中,不像他所夢想的那般大,但跟他所預期的一般大,甚至更大」。在那兩個靈魂交互注視的一刻後,老斑移動了,毫不匆忙「橫過林中小空地,剎那間走進陽光的怒照當中,一會兒又消失了,再停下來,回頭再看看他,接著又走了。牠並沒有走進叢林。牠漸漸消退了,動也不動地沉回洪荒當中,就像他觀看一條魚、一條大鱸魚鰭擺也不擺地沉回深暗的水池而消失不見一樣」。

我鏡頭裡的大紫蛺蝶回到他的空域,就像老斑回到他不可冒犯的洪荒。

老斑或大紫蛺蝶都不是獨立的存在,他們屬於可以「沉回的洪荒」,而不屬於牆壁與標本箱,他們會是艾薩克與許多接觸荒野人們的「母校」。

直到落筆的現在,我仍然感到自己處在一種血液興奮增溫,心頭卻感到極度寒冷的奇妙生理狀態──我想我有點了解,十歲時的艾薩克初次見到森林時,是如何地「恍如目睹了自己的誕生」。

三十歲生日的前一天,我緩緩騎上巴陵,為自己曾經有那樣一段可以在腦中重覆播放的記憶而感到欣慰。這副今天騎過七十幾公里山路的身體有一天會老朽,有一天會將七十公尺當成天涯,到那時我還想溫習那裡頭的興奮、顫抖、沮喪與恐懼。

二

　　鍊條與後變速齒盤咬合的速度逐漸趨緩，我以腹痛為代價擠牙膏般壓出的一點力量，傳流到小腿肌，透過鋁合金踏板，漸漸被妖精似的斜坡吸吮殆盡。握緊煞車想改以推行，不料疲勞的小臂肌肉已無法掌控平衡，左腳尖著地，翻下車身，竟跪倒在地上。

　　最大的錯誤，是我以昨天的經驗為判斷，以為在這樣的上坡路段維持十公里的速度沒有問題。也忽略了誤攀三光近十公里，體力被山路囓食的分量。現在的我只是一匹向前敲瘦骨的饑馬，空有前進或放棄意念撞擊時的鏗鏗銅聲。

　　肌肉能量耗盡時，意識失去身體的操控力，徒留魂魄漫步。

　　儘管山區的氣溫是秋天的，但汗水還是不斷從毛孔鑽出，讓我感到一種濕黏的冰涼。我需要泉水。幸好這段路約莫三公里就有一處山泉，帶著讓人興奮的歡呼聲竄下，捧一合掌的山泉望頭淋下，等於唸一道驅逐陽光的符咒，身體遂如解脫腳鐐的重刑犯般輕盈而感動。

　　騎騎推推，目測低於十度的路段，我便以前二後二的檔數前進。但坡度再陡一點的路面就像黏鼠板一樣，每踏一輪，就讓我有撕裂皮肉的痛楚，便只好推車。背包裡還有一架 F4，和 300mm、90mm 兩支鏡頭，他們如耍賴的嬰孩趴在背上，讓我的汗水無處蒸發。幾隻巨嘴鴉從

不遠的路面飛起，降落在一株距路旁不遠的烏心石上，樹影在我的身上來回撫摸，多少給了我一些安慰。我轉頭過去看巨嘴鴉，他們也背著翅膀斜睨著我，狡獪的眼神盡是嘲弄。

上午九點半騎過一段下坡後遇到大漢溪上游的支流，我決定讓雙腿鬆弛一下，喝口水。一隻黃三線蝶看守在路旁，我知道他暫時不會離開，他需要以守衛的姿態來證明自己的存在。

我用溪水拍打緊繃的小腿肌，發現背肌彎成弓形時，就有全身將被拉斷的感覺。從半蹲的角度望上去，山有著令人頭頸發痠的高度。坐在溪石上，「禽聲萬態，耳所創聞，目不得視其狀」。當郁永河這樣寫的時候，想必除了好奇外，也對人感官之遲鈍感到無奈罷。

突然一尾有著鮮豔橙紅色的蝶，從溪的那岸燃燒到我的眼前，打了幾個旋子後降落到溪畔碎石堆上。

我緊忙起身，像一頭貓，盯住他一張一闔的身形。為了讓他習慣我的逼近，於是每次移動間，就定格十餘秒，再前進，讓視網膜拉近他野性的翅翼。他和紅蛺蝶、黑端豹斑蝶、紅擬豹斑蝶一樣有著草原風格的配色，飛行時翅膀時而連拍時而滑翔。我迅速翻閱腦中相似形體的蝶種形影，逐漸縮小至少見的雌黑黃斑蛺蝶及白裙黃斑蛺蝶，但他的前翅亞外緣並沒有白斑，答案確定了。

白裙黃斑蛺蝶

學名 *Sephisa daimio* Matsumura，屬鱗翅目蛺蝶科，也有人稱臺灣黃斑蛺蝶、臺灣璨蛺蝶。雄蝶翅正面為橙色，散布黑色斑，翅膀亞外緣有倒V型的黑色花紋。反面色彩不如正面濃，下翅有白斑散布。雌蝶與雄蝶大致相似，但色彩較淡，後翅正面接近身體的部分呈米白色。展翅約5.5-7.0cm。幼蟲食草是殼斗科的青剛櫟。當成蝶在吸食果實或動物排泄物時十分容易接近。(見彩圖十七及本篇扉頁素描)

　　白裙黃斑蛺蝶飛行在一千公尺至二千四百公尺中高海拔山區，橙底黑紋，瞬間的飛行遠超過人們眼球轉動的速度。當我的眼睛距離他的翅翼不到半公尺的時候，突然一陣濃重的臭味鑽入我的鼻腔，原來在他左側約十公分的地方，有一坨爬滿蒼蠅的糞便。從濃烈的臭味與濕潤的色澤可以判斷，也許排泄的主人才離開不久。依排遺的體積與形狀來看，應該是不屬於這片森林的人類的吧。那會是清晨趕路，腹痛難忍的工程車駕駛，還是紮營於此處的登山客？溪旁有大量的乾草堆，極可能是用來襯在帳篷底抗拒濕氣，也有幾堆石頭排列成陣，上頭有燒炙的痕跡。

　　白裙黃斑蛺蝶不理會一旁捧著蜜杯的冇骨消與藏蜜於眾花深處的藿香薊，伸長了口器，不斷用四條腿移動移往糞便所在。由於被他的翅翼吸引，我已經極靠近糞便與那群不知名的碩大蠅類。

　　這是我第一次拍到白裙黃斑蛺蝶。白裙黃斑蛺蝶被發表為福爾摩沙新蝶種(也是特有蝶種)，是1910年的事。日本博物學家松村松年(S. Matsumura)與開始進入中高海拔收集標本的英國駐臺領事威爾曼(Wileman)，可能在差不多的時間得到這種中型美麗蛺蝶的標本，但1907年二度來臺的松村，幸運地早威爾曼一步發表。不過可以肯定的是，松村的幸運尚不如我，得見白裙黃斑蛺蝶在溪澗間吸吮糞便的姿

態。因為二度來臺的松村是專程到臺灣研究甘蔗蟲害,他所獲得的白裙黃斑蛺蝶的模式標本,據說很可能是當時埔里一位標本商,輾轉交到他的手中的。他所看到的蝶,是生命已經離開的軀殼。

　　白裙黃斑蛺蝶和大紫蛺蝶一樣,都是一年一生的蝶,就好像夏季無法見到冬季的面,白裙黃斑蛺蝶也無法在他的生命史中,見到自己的子嗣成蝶。松村在 1910 年發表的是雄蝶,直到白水隆 1960 年的《原色臺灣蝶類大圖鑑》才正式發表雌蝶的記錄。而在內田春男的《常夏の島フォルモサは招く》(1991) 出版之前,通常你在圖鑑中得到的食草與幼生期資料是「尚未確定」。內田春男攝有與白裙黃斑蛺蝶同屬的雌黑黃斑蛺蝶的產卵照片,雌蝶正將卵產進青剛櫟葉捲曲的,象鼻蟲留下來的蟲巢中。是否白裙黃斑蛺蝶亦有這般特殊的習性?這種臺灣特有蝶種,以近一個世紀緩慢的速度才被初步認識,時至今日,我們或許只觸及了他們生活史中,宛如地殼般的淺薄深度。

　　這趟莽撞的單車之旅,卻讓我像落葉遇到土地般自然地與他相遇。

　　我將 micro 鏡接上環閃,側躺著身子慢慢移近他以取得與他翅翼垂直的視線,這使得糞便幾乎就在我的額頂。他的步履輕快、翅翼張闊,透露著求食興奮的情緒。就在常人避之唯恐不及的糞便旁,我看到他的口器不斷試探著生命持續奔放的渴盼。

推糞金龜

白裙黃斑蛺蝶翅緣宛如繩紋陶的花紋,像神話一樣古老而豐美。對我來說,他橙底黑斑的配色展示了野性、細膩的美感,但對掠食者來說則不然。這種配色是典型毒蝶與毒蛾的警戒訊號。只是攝食青剛櫟的白裙黃斑蛺蝶無毒,這樣的配色其實是一種擬態的張揚聲勢。

我翻起身子,俯拍他的翅背面,這使我必須要專注於翅翼張開的短暫間隙。那種感覺彷彿正鳥瞰於整片森林,輕快飛行。由於我太專注於白裙黃斑蛺蝶,幾乎沒有注意到,黃三線蝶和琉璃蛺蝶及數隻石墻蝶的加入,他們暫時放棄了領空的歧見,一同沉醉於單純的吸吮。

這時糞便突然晃動了起來,使得白裙黃斑蛺蝶換了個姿勢,一顆略大於姆指指甲大小的糞便開始滾動。一隻推糞金龜正用他巧妙的後腿,將可能花費他半天推磨出的一顆糞球,往前滾動。糞金龜以倒立的姿態,預備將糞球推回巢穴,有力的後腿,使他們較易掌握糞球滾動的平衡點。巢穴或許距離這裡很遠,那麼他今天的旅程,或許是一段超乎我預備從巴陵直奔宜蘭的漫長道路。將糞球滾回家後,他會花費十數小時消化這頓大餐,或產卵於糞球之中,讓尚殘留著許多營養物的糞球,像搖籃一樣懷抱他的子嗣。我想起法布爾(Jean-Henri Favre)在《昆蟲記》(*Souvenirs Entomologiques*)裡的描寫,他形容糞金龜發現

目睹自己的誕生　165

牛糞時的興奮場景，是「從世界各地湧向加利福尼亞的探險者們，開發起金礦來也未曾表現出這般的狂熱」。

當你目睹白裙黃斑蛺蝶的吸吮與糞金龜做起糞球的拗勁，你不得不佩服法布爾用「淘金者的狂熱」來形容是多麼的貼切。

有時在跟人提到蝶吸食糞便的生態時，都會看到聽者驚訝的反應。他們一方面難以相信這麼華麗的昆蟲會有「吃大便」這麼不堪的行為，一方面也好奇於糞便裡是否藏有什麼寶貴的營養素。我常常在回答時順道提起關於外婆家的「池塘生態」。

記憶裡外婆家門前，有一窪綠水。就像所有對農村池塘的描述一樣，池畔養了些雞鴨、池裡放養了烏鰡仔、郭仔魚。家裡的老相本裡留有一張照片，是母親抱著我，牽著二哥在池塘前拍的。照片中的母親頭髮高腫，顯然是刻意梳理過的；已經有母親腿腰高的二哥和我呆滯地望著鏡頭。相紙是布面的，摸起來有一種粗糙的感覺，四周留了一條白邊，宛如四道冰凍容顏的光。

我不曉得那個池塘哪時候消失的，幾年前參加外公的喪禮時，那裡正在整地。

就像當我乳齒尚未穩固時，母親為我咀嚼花生，而後吐在湯匙上餵

哺一樣。在我的成長過程中，母親常將回憶咬成黏糊糊、混雜唾液、消化酵素、大腸桿菌與某種溫暖的滋味塞進我的口中。母親說她曾經拔枯老的林投葉回家當柴燒，剖整個夏季的石頭蚵，以致手在青春的時期就已經傷痕斑駁。外公是半個討海人半個莊稼人，這是因為村莊特殊的地理位置。他用竹筏和幾個鄰人到近海圍網，也種水稻、番薯，以及一切可以使孩子們活下來的作物。

我問過母親魚吃什麼？母親說：「池仔內 ê 烏鯽仔是吃豬屎家己大 ê。」豬，外公是養過的，在王爺公生日的時候，我目睹舅舅們和幾個鄰人合力將豬綁在木條上載走，幾個小時後，蓋滿紅紫色稅章被載回，像是全身瘀青。

母親說，池塘是另一個地主的。為了方便，小時候常常將糞桶倒進池裡，而池裡的烏鯽仔魚就會爭食。在那個普遍缺乏蛋白質的年代，黑鯽仔是珍饈。至於豬糞或人糞上扭曲的蛆蟲，外公還特別交待孩子們挑出來，餵養在池邊巡遊的雞群。

由於小學老師教我們，飲食要講究衛生。我曾經天真地質詢過母親，你們敢吃那些吃蛆的雞，吃大便的黑鯽仔嗎？母親顯然對這樣的問題感到相當無聊，她說，平常想吃根本吃不到。

能吃到雞肉通常是節慶，孩子們會跳躍著讓木屐發出求食的興奮，

目睹自己的誕生　167

喀喀地敲擊著土地。

　　白裙黃斑蛺蝶正在享用他的糞便大餐，就像歡度節慶。

　　在這片充滿狂熱探險者的森林，生命總是依靠著另一個生命的某部分。就像外婆家門口那窪池塘一樣，天真的孩子們期待能吃到以蛆為食的雞和以糞便為食的吳郭魚，而從未考慮過餵養這些「鮮美」食物的是「噁心」的生態清潔工。

　　至於人類嗅起來極臭的排泄物何以會吸引蝶類？這問題在我後來讀到一些嗅覺生理的報告後才有些許理解。動物肛門的腺體其實會分泌些許近似費洛蒙的物質，因此也會散發費洛蒙的味道，而部分像糞臭素及引朵這些物質，根據研究也出現在部分花朵所散發的氣味中。（諸如茉莉花）而動物的排泄物其實還帶有高量的蛋白質和微量元素（如鹽分與礦物質），對蝶、蠅及許多昆蟲來說，糞便不是廢棄物，而是一道營養餐。人類或動物腸胃未曾將營養消化殆盡的糞便對白裙黃斑蛺蝶而言，與路旁狂放的紫花藿香薊、白花咸豐草與冇骨消，同樣藏存著誘人的生命力。

　　看著他沉浸在糞便的吸吮，我好像聽到幼蟲潛藏於腐落葉堆裡的大紫蛺蝶，和嗅到糞便興奮趨近的白裙黃斑蛺蝶說，在生命的歷程裡，

華麗必須仰賴腐敗。

三

　　約莫十點半,我將手套、安全帽戴上,重新上路。路上車子顯多了些,一些人搖下車窗,伸出姆指或按著短響喇叭為我打氣。十一點整,我覺得氣力放盡,精神恍惚,腦中盡是白裙黃斑蛺蝶的狂野豔麗,和腐臭的人體排泄物,以及那些池畔因吃食糞便而肥美,被上一代孩子們視為節慶加菜的禽畜。我躺在路旁稍事歇息,扶著暈眩的頭顱攔下一輛吉普,開車的是一位原住民,我問他是否有一些乾糧可以賣我?他告訴我明池就快到了。

　　根據昨晚在旅舍看的氣象,今年來到臺灣的第一個颱風,正在巴士海峽踏步滯留,使得前一天還是曝光過度的視野,今天卻像加上霧化鏡。中午終於吃到明池遊樂區外小販美味的肉粽,一位婆婆聽見我騎了百公里到這裡,塞了一顆免費的水蜜桃給我。我狠咬下去,汁液如汗水溢流。

　　從明池以後,山便目送我從他的臂膀滑下,以四十公里的時速滑行,比爬行時更感緊張。因為在山嵐及細雨中飛翔,迎面而來開著霧燈的轎車,是瞪著金光獠牙,等你失神的獸。

往我的右邊望去,是棲蘭檢查哨,由此通往的即是阿泰雅古時從新光、鎮西堡到斯馬庫斯的古獵道,也是來往宜蘭的要道。那條傳說阿泰雅獵人可以六小時穿越的道路,常讓登山者以二、三倍的速度才得以通過。強健登山者的腳程,不可思議地落後阿泰雅數十公里,就算劉易士在這片叢林裡,也會被視為脆弱的生物吧?但堅毅的客家族群,據說在嘉慶年間,曾將財產背在身上,沿著芎林、關西翻過玉山腳,步行抵東勢蘭陽溪以南。

　　那是為了家族生存,所進行的一趟堅苦飛行。

　　我望著這片霧林,靜靜地讓極度疲乏的軀體,順著風滑翔,透過前避震器,像伸出口器的蝶感受曾經奔馳著阿泰雅勇健腿肌所引發的細微地動,以及近兩百年前客家族群翻越這片山林時,可能與泰雅獵人會面時從彼此眼裡傳遞出的緊張與震撼。

　　這時,在雨霧中,我看到另一隻白裙黃斑蛺蝶,正在驅趕沿著山壁飛行而闖入他警戒區的巨大環紋蝶。

　　騎到蘭陽平原後我撐到火車站,安排好寄車手續後我跑到附近的肯德基裡上廁所吹冷氣。我又回到都市,回到有人造風和人造陽光的小小宇宙裡——那裡抽水馬桶仍然會嘩啦啦地大量沖水,芳香劑散發

出並不像植物的精油氣息，櫥窗不需陽光的反射也會發亮。但是我知道有某種物事悄悄地在改變，就像一株朴樹曉得陽光在身體裡頭溫暖了細胞，因此可以再伸出一根枝枒那樣程度的改變。我並沒有長高，但是又曬黑了一點，或許瘦了一點，但居住在裡頭的一切在排列、在組合。

我回憶著在路途裡的一切。從大溪通過復興到巴陵、萱源、池端，就是一次從低海拔蝶種進入中高海拔蝶種的視野轉換。池端之後的人造柳杉林使得蝶相單調許多，而當落到蘭陽平原的時候，則可看到適應已開發農村的低海拔蝶種。(比方說臺灣粉蝶)這趟單車旅行使我體驗到一種與山脈同起同落的蝶種變化概念，也讓我想起當年沒有交通工具，卻憑藉信念一次次翻越崇嶺尋找新蝶種的鹿野忠雄與野村健一。我從此不再認為他們只是以發掘殖民地資源的態度在支撐自己(或許這是他們受教育過程裡無法擺脫的侷限視野)，相對地，在他們遺留的文稿與徒步穿越這些山脈的精神力，總讓人覺得他們對待研究對象，似乎有一種純粹的，彷彿叔本華所說的「把被觀察的對象變為柏拉圖的理念」那般的意志。

他們看起來並不像是想成為博物學家，而是想成為山的一部分。

或許和許多人相較，三十歲那年我騎單車穿過北橫的旅行不過是像

小朋友偷跑過馬路一樣的程度,算不上冒險。但對我這個都市白斬雞來說卻意義非凡。

那年年初我矯情地立了遺囑,半年後騎著單車從中壢出發,帶著痠痛與喘息,意圖無目的地穿越北橫。

準備從巴陵往宜蘭前進的那天早晨,正是我的三十歲生日。

Toward the Soul　往靈魂的方向

我很喜歡淡黃蝶的英文名——「檸檬色遷徙者」(Lemon migrant)，聽起來像是某種色彩在流浪。
他們聚集在黃蝶翠谷，是因為流浪者遇上了奶與蜜之地。只不過，這片供養黃蝶的鐵刀木林，原
是日本人為了製造槍托，製造殺戮而種的。
或許，當人們「決定」要什麼樣的森林時，也該問問以糞便夾帶樹籽飛行的鳥，用餐時不慎將
「飯粒」掉到林下的松鼠，以及風的意見。

鍾理和 (1915-1960) 在我的印象裡，是一段巴烏吹奏的音樂。

　　侯孝賢的《好男好女》雖是以鍾理和同父異母的弟弟鍾浩東與蔣碧玉為主軸，但原著的《幌馬車之歌》卻時時穿插著鍾理和的日記，以致在觀看電影時，記憶裡鍾理和的日記片段有時在腦中像旁白響起。同樣意志如石、理想在性格裡像空氣一樣不可或缺的鍾浩東與鍾理和，在某些層面上或許是同樣調性的樂式。但我總覺得，因白色恐怖而在 1950 年 10 月 14 日被槍殺的鍾浩東有一種求仁得仁的安適感。而同一天動胸腔手術，因此又多活了十年的鍾理和，最後仍因肺疾惡化而辭世，卻有著難以抹卻遺憾的血色。手術後身體虛弱的鍾理和在日記上簡短地記著「和鳴死」，怕是自己身上的某種物事，也隨之死去了吧。這使我一直以為，《好男好女》配樂中以雲南哈尼族傳統樂器巴烏吹奏的，那段像是無能為力望著某種物事漸漸被吞進流沙裡去的聲音，更接近「鍾理和式」，而不是「鍾浩東式的」。

　　鍾理和在我的印象裡，也是一座緘默而時刻變動的熱帶小鎮。

　　2000 年 8 月我在黃蝶祭來到美濃，民宿的主人在清晨指著遠方山脈中的一座山說：「那就是尖山。」我問他曉得鍾理和嗎？看上去約莫五十歲的他說曉得曉得，遂開講起來。我想對居住地文學家的認識，美濃人大概是全臺少見的吧。

尖山就是笠山，就是活在鍾理和筆下，「蓬勃、倔強又多上了旺盛的生命之火，彷彿懵然不知自然界中循環交替的法則」的青春笠山。

　　乾隆年間(約1736年)，林豐山、林桂山帶領一批六堆的團練伙伴，從屏東越荖濃溪，找到這個美濃山脈下的瀰濃庄墾植。從開庄時的二十四座開庄夥房(今永安街)，陸續拓為十個大庄與十個小庄。日據時代，日人認為這裡和岐阜縣南部，飛驒山脈與木曾山下的美濃平原景致相似，於是便以帶著鄉愁音色的「美濃」替換了聽起來像是清晨乍起，隔著尚餘霧翳的窗探望出去的「瀰濃」。不論是美濃或是瀰濃，那聲調都讓我感到宛如阿波羅統治下理想的靜態和諧。

　　然而山谷與人世皆是動態的。

　　美濃附近山域在日人來到之前，想必已經在客家族群的勤奮墾闢下，改變了原始植被的風貌。至1935年日人在雙溪坑附近整地，引進南洋樹種試種，名為「竹頭角熱帶樹木園」，復大規模除去原生植物，營構成一個植物學研究，與取得殖民地資源的試驗場。質材堅硬且具彈性，成材快的鐵刀木成為種植的主要樹種。這種蘇木科(Caesalpiniaceae)的植物被傣族栽來提供薪材，日人則將它製成抗抵鉛

往靈魂的方向　175

淡黃蝶

學名*Catopsilia pomona pomona* Fabricius,屬粉蝶科。翅色為淡黃色,靠身體基部處色彩較濃,翅端外緣有黑色鱗粉,展翅4.8-5.5cm。飛行速度很快,遍布全臺各處,是最普遍的粉蝶之一。幼蟲食草是豆科的阿勃勒、鐵刀木等。(見彩圖十八及本篇扉頁素描)

彈後座力的槍托與馱負殖民地資源的鐵道枕木。

鐵刀木的種植引來淡黃蝶的聚集。我很喜歡淡黃蝶的英文名——「檸檬色遷徙者」(Lemon migrant),聽起來像是某種色彩在流浪。中國把 Catopsilia 這屬的蝶稱為「遷粉蝶屬」,緣於她們飛行速度快,無時不處於動態,他們將口器探入花中的時間不超過我一次心跳。這種流浪的檸檬色找到了食草豐茂的「奶與蜜之地」,定居了下來,形成生態型的蝴蝶谷,並一度繁衍成超過千萬的龐大族群。

每年的五月與九月前後大發生的淡黃蝶群飛翔求偶,恍如風吹過樹林時,一顆一顆跳動起來的熾豔陽光。

淡黃蝶一般有三型,一種是翅腹面全然檸檬黃色的淡黃蝶,一種是前後翅皆有銀色圓斑的銀紋型,以及在後翅帶著赭色紅斑的紅紋型,數量的比例上也依此順序。這種多型的外貌一度被分為不同亞種,但經過實驗性的飼養後,學者認為應是同一種的變異,只是尚不曉得變異的原因。這既不同於烏鴉鳳蝶的「地區變異」(隨不同的生長環境而有形貌的差異),也不同於孔雀紋蛺蝶的「季節變異」(在乾濕季會呈現不同的形貌差異)。地區變異比較常在分類上被獨立出一個亞種,但亞種之間的界限其實不那麼顯明。威爾森(E. O. Wilson)曾在 1953 年發表了一

篇報告,認為區分亞種的特徵變化的方式並不一致,基礎太過脆弱,而主張廢除。十餘年後他又反省這種說法或許太過武斷。我一直以為,所謂科學家的定義應該是「不斷反省已被自己建構出來的世界」,威爾森一向如此。

在野外,我經常看到不同型淡黃蝶的求偶飛行,就像是拒絕被猜透也拒絕單調,生命是群體的,也是獨特的。在不能用科學儀式解決疑惑之前,未知所散發出來的神祕感讓我有一種安適感。

我盲目地相信鍾理和一定也曾注意過淡黃蝶。這信念一方面來自他曾在小說裡描述工人手植鐵刀木的狀況,二來是我認為他具有傳統農家熟悉自然的精神體質。《笠山農場》裡的一個角色丁全,就曾提到熟識森林的人是不可能「迷山」的,因為「有些樹木,在某地方生,某地方不生,假使你嗅得出樹葉的味道,知道那是某種樹,那麼你就明白你是在什麼地方了。還有,樹皮向陽粗糙,向陰細嫩,方向就這樣分辨出來了。」

那麼樣的理所當然,就好像了解夏天一定跟在春天後面似的。

至今我兩度到黃蝶翠谷,第一次是兩千年黃蝶祭的時候,但那時主辦單位為避免遊客過多干擾生態,刻意避開大發生期舉辦祭典,所以

往靈魂的方向　177

長鬚蝶

學名*Libythea celtis formosana* Fruhstorfer，屬長鬚蝶科，臺灣此科僅有這一種。翅色為黑褐色，前翅有兩枚白斑及黃褐色斑，後翅亦有黃褐色斑。雌蝶翅型較圓，黃褐色斑較明顯，展翅約4-4.7cm。這種蝶以下唇鬚長著名，日本人稱為「天狗蝶」。幼蟲食草是榆科的沙楠子、臺灣朴等。(見彩圖十九)

並未看到蝶的大發生。2002年6月雙溪的淡黃蝶況雖然不錯，但蝶的種類似乎不多，這使我心中的想法產生了些微的改變。

隔天到附近的茂林保護區時，六龜派出所辦理入山證的人員說：「現在沒什麼蝴蝶了」。他可能誤以為我們是因「紫蝶幽谷」而來，其實不是，我們是為了茂林尚存的百分六十以上的原始林地，以及時時因沖擊山壁形成曲流、環流丘的濁口溪而來。據說這是臺灣曲流地形最多的地方，這種河勢在滑走坡面會造成較廣的潮濕河岸，最容易看到群蝶吸水。

事實上，即使在公路旁，也時時可以看見各種獨立或混合的溪水蝶群。蝶似乎以色彩為群聚的依歸，略帶褐色的姬波紋小灰蝶獨立一隅；腹面皆呈銀藍色散布黑點的臺灣琉璃小灰蝶、臺灣黑星小灰蝶、姬黑星小灰蝶則混在一起；淡紫粉蝶、斑粉蝶、雌白黃蝶則像一群在說著什麼祕密的孩子，一靠近便嘻鬧解散。越往深處的溪谷長鬚蝶的數量越多，他們吸水時合翅成石，陽光增溫時則展翅回應。這是我第一次遇見至少三百隻的長鬚蝶旁若無人地聚集吸水。偶爾也看到銀斑小灰蝶，不過簡短於一句問候。淡黃蝶也有，只是遠比雙溪少得多。

我逐一複習他們的食草，於是在腦中，長出了一個鴨腱藤、細葉饅頭果、野桐、山橘、銳葉山柑、臺灣朴與鐵刀木一起繁盛的南方森林。

往靈魂的方向　179

於是我想起，雙溪與茂林不同之處：雙溪黃蝶翠谷是一座人力介入，因緣形成的蝴蝶谷。

或許華特森 (Richard Watson) 以人類角度出發的「保護觀」令人生厭，但他說人改變自然的意志與力量是生物界中最強的，實非動物界中「平凡」的一員，則洞見了生命平權說的某些現實層面：即使生命平權，生態環境還是會受「力量原則」而改變，優勢生物總是影響自然的強大因子。人當然是環境的重要因素，野地的定義不應排除人的介入。倘若淡紫粉蝶有能力決定，他們可能要一個以銳葉山柑為主角的森林，長鬚蝶可能要一個臺灣朴的純林。正因為他們都沒有絕對的主宰能力，生命才會以各種姿態呈現在溪谷濕地上。

問題是，人們擁有凌駕生界的不凡力量。我們想要雙溪谷轉變成何種面貌？是種滿鐵刀木的黃蝶翠谷？還是各種植物生長供養出各種蝶種逡巡的彩蝶谷？或是一座淹沒森林，放養草魚讓遊客來「活魚十三吃」的巨大水庫？（對動物來講，那將是一次毫無預警的大洪水）

鐵刀木從南洋移至美濃，本為了執行日人虛渺的大東亞共榮圈的槍托而植。當它因另一批人開闢果園而傾圮，意味著是雙溪谷的「自然」已再度被人的意志重整過一次。即便贊成反對建水庫的兩方都有人提

出應再種鐵刀樹苗,「復育」淡黃蝶,其實不過是另一次的重整罷了。恢復的是某個時期人類力量的遺跡,恢復的是以樹為槍托,在遙遠異地抵著戰士肩膀,將鉛彈射入另一個陌不相識的肉體,射入不知仇恨從何處生出的盲目年歲。

美國自然寫作者瓊斯 (Stephen R. Jones) 在描述著名的山德丘 (Sandhills) 草原生態時就曾說:「當我們想要恢復生態系統到自然的狀態時,我們要恢復到哪一時期的自然呢?」

也許,保護黃蝶翠谷的意涵,應調整為尊重溪谷自然植被的演化,而長年居此的客家子民,則有權秉其生活所需而適當規模地改變這裡的地貌生境。至於是黃蝶谷好,或是群蝶谷好,或許也該問問四處以糞便夾帶樹籽的鳥,用餐時不慎將「飯粒」掉到林下的松鼠,以及隨時準備帶走張開冠毛種子的風的意見。

而單以人類利益衡量的水庫建造(還有什麼動物需要水庫?),已渾然忘了人們是過度消耗水,而非缺乏水。畢竟,我們是每人單日用水量三百五十公升的奢侈國度,足足比用同樣算法量度出的荷蘭人用水量,多出兩倍有餘。

到底是什麼原因,使我們比地球上多數人還要「渴」?

淡黃蝶在長穗木上迅捷地吸吮了一口,在空中畫出一道無可重覆的

線,彎曲的問號。

　　1955年完成的《笠山農場》初稿,曾如此描寫這個客家聚落:「在這裡,如果時間不是沒有前進,便像蝸牛一般進得非常慢。一切都還保留得古色古香,一切都呈現著表現在中國畫上的靜止,彷彿他們還生活在幾百年前的時代裡,並且今後還預備照樣往下再過幾百年。」

　　但事實上,就像希臘哲人赫拉克利特斯(Heraclitus)在《論自然》中所說:「你不能兩次踏進同一條河流」一樣,你不可能兩次踏進同一個美濃,小鎮也不可能靜止在鍾理和筆下的時代。雙溪母樹林在1950至1978間,有九十二種消失(占原50%的種類)。1988年曾出現千萬隻以上的淡黃蝶,十年後,百中約僅存二三。油紙傘從日常用品成為擺飾,菸樓從農業的功能,轉變成讓遊客喝擂茶嘗鮮的古雅場所,美濃人開始養殖泰國蝦,字紙不再送到敬字亭焚化,石板砌成的伯公壇(土地公廟)部分已閩南化。1993年,經濟部水資會宣佈將在這裡築大型水壩,交工樂隊開嗓唱「新客家歌」,而「美濃愛鄉協進會」則將民眾力量集結來對抗弱智的政客。

　　變動使得美濃失去了一些,增添了一些,獨特了一些,也更複雜了一些。所謂文化,是生長速度如森林一樣的物事。當然,消失的速度也可

能一樣。

　　遷徙的客家人、遷徙的檸檬色，以及變動中的小鎮風光與自然山色。

　　在《笠山農場》完成後兩年的一篇日記裡，鍾理和寫道：「鐘擺是沒有停止的、因為更合理更安全和更舒適的生活總是在現在的後邊。人類靈魂便這樣追求下去。」我反覆地讀著小說家充滿意志力的文字，然後想，我對那個無法沒有懷疑，無法沒有懷疑。美濃人正在重新思考與尖山、月光山、美濃溪、茗濃溪的相處模式，或許已然發現，某些現代社會定義下的更舒適，未必是更安全、更合理。但追求下去總是對的，時間或許是銜著尾巴的迴圈，卻無法逆轉，我們無法畫兩個同樣軌道的圓，任何「恢復」都是「改變」。

　　回程時由於路況不熟，深怕開錯。我心裡想著鍾理和的那段話，一面也想著靈魂改變生活的速度，以及生活改變靈魂的速度。

　　車子遂陷落於文明的公路迴圈而去。

本文修改的縮短版發表於 2002.7.21《中國時報》人間副刊

When the Mist Past the Tsuei-Feng Lake

When the Mist
Past the Tsu 當霧經過翠峰湖

霧像奇蹟,像憂傷一樣沒有預示地凝聚,在霧裡,你可以想像自己在世界的任何一個地方。霧與溼泥土溼樹葉揉散出一種甜味,非常淡,差不多跟小學運動會時第一次牽到異性手的感覺一樣淡,但非常清晰,像霧一樣清晰。

關於翠峰湖的記憶總是潮濕的，腦葉是海綿，把她的霧、樹與美一併吸附，變得沉重。那影像易碎而澄澈，山林被造物主擦拭過，你知道祂像收藏家一樣珍重那裡一切。

要到翠峰湖就必須上太平山。昔日奔走山林的泰雅稱這座山為「眠腦」，意思是「茂密山林」。同樣的「茂密山林」，在不同對象的眼裡就有不同的意義。對原住民來說，茂密山林是永居之地，而對「文明人」來說，茂密山林短期能創造出的利益遠比長期的依靠來得重要。當1916年日人將「眠腦」改名為「太平山」後，茂密山林卻從此不再太平。

早在日本大正三年(1914)，伐木作業就開始一鋸一斧地為「眠腦」這個詞修枝裁葉，木材以它們生前未曾經歷過的搖晃，隨著濁水溪水或森林鐵路被運送下山。通往森林深處，刀斧、木材往返道路被稱為「林道」，一條森林巨木的招魂路。今天太平山內尚存有沿昔日森林鐵路重修，一九九一年為觀光而復駛的「蹦蹦車」道，以及太平山林道、翠峰林道與大元林道。太平山林道是園區內主要的聯外道路，大元林道則為林業公務使用，尚未對外開放。翠峰林道通往翠峰湖。

要到翠峰湖就請你走翠峰林道。

要到翠峰湖必然不是直驅而上，人們總會不禁在路程中停下腳步或停下車，即使透過車窗，那遠眺的山景仍會吸引你熄滅引擎，留下一些

> ### 紅點粉蝶
>
> 學名*Gonepteryx amintha formosana* Fruhstorfer，屬於鱗翅目粉蝶科。雄蝶呈濃黃色，雌蝶呈淡黃綠近白色，前翅緣皆向外尖突。前後翅各有一個橘紅色的點，前翅稍小，後翅較大。飛行速度不快，雄蝶有吸水的習性。展翅約5.7-6.3cm，食草是鼠李科的桶鉤藤和琉球鼠李。(見彩圖二十)

時間。闔上你的眼，打開你的眼，這裡的視野是昆欄樹的視野，是楠樹的視野，是白耳畫眉的。

　　七月的路旁開了一叢又一叢自非洲歸化本地的觀音蘭，一個世紀前為了營造園藝景觀而被帶到臺灣的植物，現在馴化為此間野地的常見種。這意味著，可能有部分植物的生態空間被重組了，被占據，被拔根。在野地裡，改變是常態，只是從來沒有像人類出現後這麼快速的變動。靈巧智慧的人類善於屠殺也善於遷徙，善於創造也善於毀滅。此刻的太平山正開著若沒有人類，可能要數千萬年才會因緣際會從非洲旅行而來的花朵。

　　而紅點粉蝶只管沉醉在歸化的觀音蘭裡。

　　紅點粉蝶總讓人想起歐洲的硫磺黃粉蝶(英文名 Yellow Brimstone，學名 *Gonepteryx rhamni*)。這種在三百多年前 (1758) 就由林奈氏命名的蝶，據說是 Butterfly 這個詞開始指涉這種飛行昆蟲的起源。我手邊一本歐洲的蝴蝶圖鑑陳述了這樣的一個說法，那就是 fly 這個詞本來就指涉能飛行的昆蟲，而蝴蝶一詞可能指的是源自南歐冬季過後，最先出現的這種帶著硫磺色(合翅時較近於奶油色)的粉蝶。雄蝶前翅色澤橙黃，飛行時帶起一道溫暖的光線，被人們稱為「butter-colored fly」。這個詞漸漸演變成 butterfly，於是，以部分代全稱的詞便

由此繽紛化，增色整個世界。

這種奶油色蝴蝶，是「Gonepteryx」屬的蝶種。臺灣產的紅點粉蝶與小紅點粉蝶正是同屬的近緣種，而小紅點則是這座島嶼演化出來的特有種。他們的色彩喚醒了春季，延燒到夏季，他們的翅脈就像葉脈，在秋天凋零。我眼前這隻紅點粉蝶的祖先，不曉得是在多少年前遷移到臺灣來的？可以確定的，遠比觀音蘭早得多，也比任何來到這島嶼的人類早得多。

倘若暫時不以「外來種」的罪名安插在觀音蘭的身上 (即使有罪也是引入又拋棄的人類)，這兩種一前一後的移民組成的構圖，美得讓人把持不住相機，足以帶走你從城市帶來堆積在靈魂裡的沙礫。

要到翠峰湖，請記得打開車窗。

到翠峰湖請儘可能放慢，任何突如其來的飛行物都值得讓人停下。

不同於開滿觀音蘭的山陽面，山陰面的一切缺乏明度，內斂而且沉默、潮濕，準備起霧。我遠遠看到了多年前在北橫早已熟識的白裙黃斑蛺蝶，這種中海拔局部才得見的蛺蝶，身上的野性花紋足以讓流行服裝設計師沉迷，這證明地球生物的設計師千萬年前早已非常前衛。我拍了幾張照片，回頭追蹤另一種翼長比小指略短的褐色蔭蝶時，卻發現自

己患了失憶症:一隻不知名的蝶,我的大腦房間裡遲疑地推不出他的檔案。

不知為什麼,我漸漸對記不起來原本記得的蝶名帶著愧疚感,就好像我背棄了他們,或他們即將離棄我一樣。

美國自然寫作者羅帕士(Barry Lopez)有一篇小說〈回家〉,裡頭描寫了一個因一篇植物分類論文在學界成名,而將時間投入研究、演講,追求在學術界高聲望的植物學者。有一次當他回家鄉時,小女兒在路上詢問他路邊植物,他卻發現自己已經忘記回家路上過去常見的許多野花名稱。當天教授晚上躺在房間的床上不得成眠時,他的妻子對這位追求著學界聲名而鮮少回家的奔馳者說:

「聽我說,你小時候在這一帶長大,你說得出林中每一株植物。你能在黑暗中把它們挑出來。⋯⋯你看到它們的影子、它們在風中擺動的角度,就叫得出名字。那時你才算是住在這裡。現在,你四下看看,這地方不再是你的一部分。你都不記得它們,憑什麼它們要記得你?⋯⋯

「那些植物⋯⋯那就是你用以交換的本錢,那就是你用以博得今天地位的工具。要是它們就這樣把你忘了怎麼辦?」

我從少年時就患上以文字敘述現實與異想的癖好,蝶雖然沒有給我什麼實質利益(或是我不誠實地逃避承認),但卻給了我有更多訴說

的可能性。他們讓我對自己的陳訴不致斷氣,想像不致斷氣。

如果我忘了他們,或他們忘了我怎麼辦?

對一般人來說,紅點粉蝶與小紅點粉蝶的差異遠比飲料品牌的差異還不重要。但不論是一個以理性詮釋自然,或感性詮釋自然的書寫者,「指認」是一切書寫與思考的根源。心理學家認為,人類在嬰兒時期先能以手指點某樣物事,再向成人求詢關於這個物事的「名稱」,從而能「認識」這個新加入意識中的「新夥伴」。在經過這個「認識世界」的階段後,嬰孩才開始使用以「我」做為開頭的句子,那些繁複如蟻穴迷宮的語言脈絡,才生長出一個主幹。

人必須倚靠對外在世界的指認,去確定自己的位置。

我焦慮於忘記某些曾經認識過的世界,因為我以為那到最終可能會「忘了我」,忘了我在這些生命與生命間的位置。人們摧毀「不知名」世界,總要比那些在語言宇宙裡已經和自我指稱的「我」建立感情的「賦名」世界,來得果敢無情一些。

還好圖鑑放在車上,我縮小目標翻找了一下,是的,深山白帶蔭蝶、深山白帶蔭蝶、深山白帶蔭蝶,那名字我在唇舌間運轉了三次,像戀著小妖精的杭伯特唸著「Lolita」。而一開始我以為「疑似白帶黑蔭蝶」的另幾隻蝶,事後對照幻燈片才發現是深山白帶蔭蝶的雌蝶。她後

深山白帶蔭蝶

學名*Lethe insane formosana* Fruhstorfer，屬蛺蝶科蛇目蝶亞科，又稱小黛眼蝶。翅色深褐色，後翅正面有四枚黑色斑紋，翅腹面則密布紫灰色鱗粉，後翅腹面有六枚眼紋。雌蝶則在前翅有一道斜白帶。展翅約4.2-5.1cm，幼蟲食草為禾本科的玉山箭竹。(見彩圖二十一，本篇扉頁素描為雌蝶)

翅的眼紋數和白帶黑蔭蝶一樣是六枚，但第四枚較大，白帶黑蔭蝶則是第一、五枚較大。他們的第六枚眼紋都分裂成兩個接連的小眼，就像小朋友用手指在臉上比出眼鏡的模樣。

一路上我試圖對齊圖鑑、網膜與腦中這幾張描圖紙上的風景與蝶的形影，就像在將回憶化為文字的訴說裡慢慢了解藏在身體裡筋絡裡，那個「我」的樣子。我無法不用影像記錄去翠峰湖路上所見的一切，那些飛行的，將要飛行的，永遠不得飛行的。

我拍照時不慣用變焦鏡，相機背袋的標準配備是24mm、50mm、105micro與200micro。拍蝶的這幾年，我用的微距鏡從60mm加入105mm，後來又加入200mm，感覺上好像離被拍攝的蝶愈來愈遠似的。鏡頭和鏡頭之間沒有通融，它們固執於它們所能映射的一切，於是我接上這個、再換上那個，以各種的視野看到、思考畫面中的蝶與我的視覺運作。我的腦袋裡有一個神祕機制告訴我那是什麼蝶，同時指揮手部肌肉適當地取景，抑制呼吸，啟動想像。對醫學家來說，那腦與肌肉遞送訊息的過程可以寫成一部《創世紀》。

有朋友曾經問過為什麼有些微距鏡上頭寫的是「Micro」有的寫的是「Macro」？純就字義來看，前者是微小，後者卻是巨大的意思。雖

然鏡頭商把它們用在指涉不同放大比例的鏡頭上,其實透過它們拍攝出來的效果都一樣。微距鏡能呈現出細微的物事,或者說,它把那些細微的物事變得肉眼可視,因此也可以說是將他們「巨大化」,再接上接寫環或微距鏡片,影像與底片比甚至可以超過一比一。(即是影像變得比實際大小還大。)

有時候,我覺得我手上這支由精密頭腦創造出來的鏡頭並非是讓我看見微小的物事,也不是把微小的物事變得巨大,而是攝得更形神祕的腦中的某個角落,去理會本就存在於這些生命中的「精細」與「巨大」。那是實質意義上的,也是概念意義上的。

每回外出回來洗出幻燈片後,我會在完全無光的房間裡打開幻燈機,讓那些曾經停留在某片葉子、花朵、泥土、記憶上的蝶重新在我房間略帶黃污的牆面上復活,那是我的梵諦崗,我的阿爾塔米拉洞窟(Altamira),我的敦煌,我。

那些蝶的幻象就像孩童過份柔軟的臉頰會吸引手一樣,有時讓人不自禁地走近去觸摸——但只能碰觸到冰冷的牆面,那幻燈片裡所謂的實存已化成了各種光譜的光粒子。

我漸漸學會不只是用微距鏡把蝶拍清楚,也讓花與蝶的線條充分保留,或讓他們「活」在一個較完整的空間裡,是看了日本蝶類專家豬

又敏男《蝶》裡，松本克臣的攝影作品以後的事。松本在拍攝蝶飛行照片時所採取的廣角視野，讓我看到拍攝者的耐心必須像一株植物。而加入周遭景觀的深景深照片，讓我知道過去我對「雜蕪」的顧慮其實是視覺判斷的偏見——蝶雖然有能力獨自完成一張〈星夜〉，但讓他們與花草合作也是不錯的建議。當然，背景也不一定要全然黑暗，天空藍與森林綠將使蝶翼上的畫作風格轉變。但正如你所知的，無論是深景深或淺景深都已經改變了人類的自然視覺，而在較廣角的構圖裡，不可避免地沙漏了許多藏在褶縫裡的微細筆觸，畢竟，那排列出華麗蝶翼圖像的鱗片，每一筆都不超過一枚塵埃（約 $2\mu m$）。

自細視大者不盡，自大視小者不明。那個腦袋幾乎跟宇宙一樣深邃、美麗、古怪的莊子早就這麼說。

走進通往湖邊的小徑，請不要急著探望翠峰湖。運用你的想像和閱讀的資料，去在腦中蘊蓄一個。

這座臺灣雨季期面積最廣大的高山湖泊，漫衍在海拔 1840 公尺左右的太平山與大元山間。秋季（九至十一月）滿水期，由雲霧雨積蓄的水淹沒可達二十五公頃。春季（一至四月）的枯水期，湖會分裂為兩個湖（就像深山玉帶蔭蝶雌蝶最後那枚眼紋一樣），東側的頁岩滲水層使

臺灣小波紋蛇目蝶

學名 *Ypthima akraga* Fruhstorfer，屬蛺蝶科蛇目蝶亞科，亦有人稱臺灣小波眼蝶、白帶波眼蝶。翅正面為黑褐色，翅腹面為黃褐色。平時停憩時多半合翅，所以觀察翅腹面的眼紋較易辨認。前翅腹面有一枚眼紋，後翅有三枚，和臺灣波紋蛇目蝶同。但其後翅腹面第一枚眼紋與二、三枚眼紋間有一條灰白色的鱗粉帶。幼蟲食草是禾本科的芒、高山芒、求米草等。(見彩圖二十二)

　　得湖水不易蓄滿，露出大片水草地。

　　高山湖泊的水來自終年的霧氣，以及雨季時的雨水。這些水滲透到河流的源頭或形成支流或流入地下形成潛伏的水源，潤澤山脈河川與森林。

　　走近翠峰湖。

　　踩在近年才鋪出的步道上，藪鳥「幾——糾兒」的聲音愈見清晰，嘹亮得像看到美女的小伙子的口哨。蝶只看見平地也極為常見的臺灣小波紋蛇目蝶。我深怕自己認錯，幾種小型蛇目蝶間的面目實在太過接近，就像是造物者刻意造來考驗觀察者目力似的。雖然臺灣小波紋蛇目蝶如此常見，卻是臺灣特有種，那道從後翅中室外側的淺灰色筆觸，是這片土地所帶給他獨有的基因標誌。

　　小型蛇目蝶的飛行猶如一枚彈跳的橡皮球，他們總在林緣跳躍於夢幻與現實之間，從一個空間跳入另一個時間。他們是森林的信使，似乎想傳遞什麼，或者想引誘我進入某種祕密裡似的。只要有時間，我必然跟隨他的催眠的飛行線，希望等到一個頓點。

　　你努力地想嘗試辨認像被困在琉璃中的清脆鳥聲，據記載褐色叢樹鶯、臺灣小鶯、棕面鶯、藪鳥、冠羽畫眉、山紅頭、白耳畫眉、金翼白眉、小翼鶇及筒鳥都是這裡常見的鳥類。但你只聽得出藪鳥和山紅

黃胸藪眉
Liocichla steerii Swinhoe

頭,你的聽覺區只告訴你熟悉的聲音,偏偏你的聽覺遲鈍且缺乏磨練。

你睜開眼,你的肩膀抵著風,皮膚感應化為微細水滴的霧氣,你的眼有點畏光,然後你看到翠峰湖。

緘默的霧,緘默的翠峰湖,樹和湖的綠都被籠罩以一層白氣。霧像奇蹟,像靈感一樣沒有預示地來臨,在霧裡,你可以想像自己在世界的任何一個地方。霧與溼泥土與溼樹葉帶著甜味,非常淡,差不多和小學時第一次因為運動會而牽到異性手的感覺一樣淡,但是非常清晰,就像霧那麼清晰。

在這樣的霧裡,因為棲息著在中國文學傳統裡被意象化的「鴛鴦」,而使得湖的名聲格外響亮。這裡是鴛鴦分布的最南限,他們在此尋找適合的樹洞築巢,在此往南,不見鴛鴦也不見仙。

坐在翠峰湖畔,我為已架設起來的圍籬感到可惜也感到幸運。雖然因此無法走進那片尚未到滿水期的燈心草叢裡,但也能讓湖邊的生物擁有一個暫時避免被我腳印踐踏的下午,那圍欄雖然讓我感覺自己

像被羞辱的觀光客,但我心安地被羞辱。

現在的季節介於翠峰湖的枯水期和滿水期之間,燈心草錯落地包圍著湖,好像想掩飾什麼祕密。

不曉得待了多久,在霧散去前,帶著潮濕的心情踩著潮濕的石子路與藪鳥潮濕的啼鳴回程,臺灣小波紋蛇目蝶在霧裡安安靜靜地伏在潮濕的苔石上,翅上的眼瞪著遠方。霧來了,空氣變重,轉過路彎,陽光回過神來。

當霧經過翠峰湖,一切像被呵了口氣,然後擦拭得閃閃發光。

我無法不用影像去記憶翠峰湖所見的一切,那些霧裡的,霧散去的,永遠像隱藏在這片雲霧森林深處的。我必須承認,相機、底片與幻燈機都是傷害這地球的物事,但我也必須承認,它們都是讓我的肉眼與靈視發生化學質變的「加工者」。

透過「加工後」的肉眼,我才有機會探望深山白帶蔭蝶翅腹面眼紋周圍的地平線藍色暈,銀蛇目蝶陰沉的褐色邊緣的陽光,以及紅點粉蝶盤根錯結的翅脈。那隻人工化的眼,讓我有機會重新去審視我原本想像的生命與自身。

我承認有時在心情激動時會按下太多次快門,在整理後只好把那

些重複的幻燈片分給兄姐的孩子們。我先將幻燈片投影在牆上，一張一張地跟不安份又好奇的孩子們說明一次，然後給他們幾分鐘的時間猜拳挑選。

孩子們喜歡在我放幻燈片時站在牆前，於是就變成了「深山玉帶蔭蝶誠誠」、「阿里山黃斑蔭蝶小華」、「銀蛇目蝶紹謙」、「紅肩粉蝶妞妞」或「臺灣琉璃小灰蝶咪咪」。蝶華麗、內斂、神祕、蜿蜒、奇異的翼紋疊影在帶著笑意的孩子臉上，倏忽孩子跑開，蝶仍然停在那虛幻光影裡，孩子仍然以他們各自獨特的音頻笑著，我則回到每一張幻燈片裡的場景，就像水泥隔間已經不再是一種限制。

孩子記憶昆蟲的速度異常地快 (即使是從來未曾見過的種類)，在那小小的天使腦袋瓜裡，能把五、六百隻的神奇寶貝、數碼寶貝和通過地球考驗的奇怪昆蟲同時收容進去，並且以大腦裡奇妙神經元的「特徵檢測器」(feature detector)，將線條與色彩內化為一種符號象徵，收藏到記憶的圖書館裡。

孩子們從不會刻意去壓抑他們身體裡的「親生命性」(biophilia)。威爾森 (E. O. Wilson) 說這是一種人類與生俱來對其它生命形式的親切感，它由不同情境激發出來的喜悅、安全感、敬畏，甚至是混雜了憎惡的迷惑。孩子們藉由結識幻燈片與生活裡其它生命的影像，去摸索自己

「喜歡什麼」,「厭惡什麼」,他們在認識自己。

我分給他們一人一張無酸套,讓他們保存這些曾經協助「開啟」他們腦中感性、好奇、恐懼與歸納能力的圖像。可惜通常先學到的不是「植物分類學」,而是「財產分配學」。他們會說,這是「我的」臺北樹蛙、「他的」深山玉帶蔭蝶、「你的」清白招潮蟹。

命令他們違反身體裡「自私的基因」是沒有用的,因為想想我也是一個「蒐集」的貪婪者,我的記錄與幻燈片不就都充滿了某種慾望嗎?不過有時候在良心發現的時候我想寫一張紙條給孩子們:幻燈片不是「一張幻燈片」的意思。讓「我的」幻燈片有時候到「你的」眼睛底下,有時候在「他的」無酸套裡。而當我們觀看「囚禁」在幻燈片裡的紅點粉蝶影子時,請想起「我的」紅點粉蝶需要「你的」桶勾藤。有時候,也要看看幻燈片底下寫上的「20020715 太平山」,那是得到這張「紅點粉蝶影子」的那一天。

「我們的」太平山,不管你有沒有去過,你得到祂的恩典。日本人在這裡建神社(1918年),我們的祖先則改祀鄭成功與媽祖(1945年)。他們靠燃燒與販賣森林溫飽,1989年以後我們則把這裡改稱「太平山森林遊樂區」,靠觀察與觸摸森林啟發靈性。不管哪一種,人們恆常是「消費者」。

不過有一點我不忍心跟他們說,那就是活存在幻燈片裡的影子,在現實世界裡,必然已經骨銷湮滅。

但有些畫面會被保存,它會氧化、褪色、剝落、變形,可就是不會遺失掉。據說記憶的儲存樣態,並不是以一個「完整的符號」,像一本書一樣被歸類在大腦裡。「印象深刻」的記憶使得腦中某些神經元觸發另一些神經元的放電變得容易,神經學家稱這種形成某種慣性的放電模式為「記憶的蹤跡」。記憶有時屢喚不起,有時則像冒失鬼不召自來,但透過一些小物事,我們總會因此掏出許多潛藏的情感,然後才發現,淚水、憤怒、歡樂與恐懼並不會真的被「蒸散」,它們總在等待時機和合,就像霧的到來。

我的記憶存在防潮箱裡,雖然沒見到心裡最期待的,江崎悌三在太平山採集的江崎綠小灰蝶,記錄的蝶種也失之「平凡」,但這是我的太平山,我的翠峰湖。我還記著那天下山的時候,霧已散去,山色清澈如天使之眼,而霧氣則被留在帶著濕意的葉上岩上心上。在遇到深山白帶蔭蝶不遠處的一個崩塌過的向陽面,一隻臺灣獼猴迅速地攀岩而上,隨即躲在一株未隨土石崩下的楠樹朝停下來的車子張望。那時又聽到藪鳥的叫聲,陽光憤怒,景物發亮得像燒在磁器上似的,彷彿一揮手就

會打破。部分綠葉與不知名植物的花梗像雨滴落了下來。小三線蝶在光裡跳躍，不聲不響從一朵咸豐草跳到另一朵上，漫不經心地停止，緩緩收起翅膀，又張開來，節奏像修行者的呼吸。

而我的呼吸則以他的兩倍速運行，那顆充滿藏著各種蒐集慾望的腦袋裡，似乎已經變重了一點點。當霧經過的時候。

About Ba-Shian Mountain

About Ba-Shian Mountain 言說八千尺

這裡是八仙山,八千尺自有八千尺的倫理。倫理向來從屬於某個特定時空與對象,山有山的、鄉村有鄉村的、保護區有保護區的、蝶有蝶的。倫理的意義不在同化,而是鬆動、對應、柔軟。除了機械樂園與過份安全的「都市擬自然」空間外,我們確實需要一座樸素的山,去學習恐懼、跌倒,學習編織歷史與記憶,學習發現其它生命的美與粗暴時,顫抖、沉默或心跳尖叫。

被救濟以美

　　你打開地圖，抬頭仰望八千尺。那樣的高度適合步行，車就留在森林遊樂區的停車場吧。

　　你說書上寫到，過去林場的所在地約在這座山海拔兩千四百公尺處，以日尺來計算是八千尺，而日文「八千」的發音近似「八仙」，於是遂被名為八仙山。

　　這個山系與十文溪谷地一向被認為是中部蝶類聚集的要地，1929年鹿野忠雄(Tadao Kano，1906-？)就曾走過白冷、谷關，以及八仙山的部分林地，每看到一種新蝶種就加深他往更深處探望的決心。隔年江崎悌三(Teiso Esaki 1899-1957)的學生野村健一(Ken-ichi Nomura)也走到這裡，接著江崎本人也到此採集研究。民國以後，張保信、陳維壽、趙仁方等蝶類專家都在他們的採集地圖裡標識出八仙山，在這張連續不斷的記錄紙上，留下他們對臺灣兩百種以上蝶的記憶。

　　包括國姓小紫蛺蝶、白蛺蝶、寶島小灰蝶、閃電蝶這些尚未在你記錄紙上出現過的夢幻之蝶，都曾在這張飛行歷史裡展翅，無論如何，都得來張望一番。

　　森林遊樂區的主要位置在十文溪和佳保溪的匯合處佳保台，十文溪曾被譽為臺灣二大名泉之一，但你相信十文溪對這個意外的「封賞」並

黃領蛺蝶

學名 *Calinaga buddha formosana* Fruhstorfer，屬蛺蝶科蛺蝶亞科，又稱首環蝶。褐色帶著淡淡的褐色，翅室為灰白色，雌雄形態相近。是一年一生的蝶，幼蟲食草為桑科的小葉桑，展翅約6.5-7.4cm。(見彩圖二十五)

不那麼樂意，所謂的名泉常常意味著溪水即將死亡(或已經死亡)。

　　行走不久，就在人工搭起的休憩區附近發現兩隻吸水的蝶。走近一看，是過去只在圖鑑上看過的黃領蛺蝶。一對鉛色水鶇在一旁像腳裝了彈簧跳躍，你只怕把他們驚飛。風有點大，黃領蛺蝶的翅膀斜斜倒下，像颱風天把持不住傘的行人。不過沒有什麼能阻止他吸水的決心。你不離開，他也不離開，你們彼此忍耐著對方的觀看，直到一方感到滿足或是不耐。

　　你仔細端詳那擬似青斑蝶屬的翅翼，在視覺觀感上似乎沒青斑蝶那麼「透明」。有些角度略像黃星鳳蝶，但基本上他的斑紋保有自己的風格，並不太容易誤認的一種蝶種。

　　也許是滿足了，幾分鐘後他決定飛離，把你留下。能飛的是他，只能跟隨的是你。他匆匆離開的空缺，讓興奮的餘溫與愉悅的記憶進駐。你在記錄紙上打上一個驚歎號，那符號是你用來代表首次觀察到的蝶種，而驚歎的是自然本身。

　　大鳳蝶來了，為了一旁種給遊客觀賞的非洲鳳仙而來。沒見到雌蝶，只有雄蝶，墨黑帶著銀藍的後翅反射著你的眼光。一隻、兩隻，不，三隻。

　　臺灣鳳蝶來了，一種只生存在這個島嶼的蝶，以富於音樂性的飛行

> **臺灣鳳蝶**
> 學名*Papilio thaiwanus* Rothschild，屬鱗翅目鳳蝶科，為臺灣特有種。翅色為黑色，後翅肛角有橙紅色色斑，形狀較大鳳蝶狹長，雌蝶後翅背面與腹面皆有白斑。展翅約8-9cm，幼蟲食草為芸香科的食茱萸、飛龍掌血等。(見彩圖二十三)

接近，就像一句波赫士詩中令人顫抖的意象。

雙環鳳蝶來了，帶著她在我們目前所認知的世界裡獨一無二的紅色雙重弦月紋（又是臺灣特有種！），說明著她的美麗遠比人類的愛情古老。在福爾摩沙還沒有任何人給予驚嘆的時代，她已經帶著島嶼演化出的特有雙翅，靜靜拍動氣流，也許一枚刀傷草的帶羽瘦果因此而飄得更遠了一點。他拍擊翅膀，時而露出後翅令人迷惑、觸電的藍，由於世界上沒有一種藍相似，我們只好說那是雙環鳳蝶藍。

臺灣麝香鳳蝶來了，你的嗅覺是否和心靈一併打開？

他們來來去去，有時停留的時間短得像一箋俳句，停留在心裡的時間也長得像一箋俳句。但有時仍會見到數隻不同種的鳳蝶從不同的角度埋首在花瓣裡，他們邊飛行邊吸蜜，像在構造一幅三度空間的畫作。

然後他們一一消失，就像飛行的路徑是夢的路徑一樣，於是我們知道他們屬於森林，屬於野性。

你說，蝶的美不是裝飾性的，在我們眼中只「差一點點」的花紋，卻是他們呼喚族群的旗幟、基因存活的象徵。

愛默生說：「在大自然中，一切都是有用的，一切都是美的。因為它是活的、移動的、能生殖的，所以它是真的；因為它是勻稱的、美的，所以它是有用的。」

> 雙環鳳蝶
> 學名*Papilio hopponis* Matsumura，屬鱗翅目鳳蝶科，為臺灣特有種。翅色黑色，散布有綠色鱗片，後翅前半部散布藍色鱗片。後翅腹面翅緣有兩重紅色弦月紋，是最顯明的特色。展翅約7.8-8.7cm，幼蟲食草為芸香科食茱萸等。(見彩圖二十八)

在自然面前，我們是等待被救濟以美的乞丐。

美是鬥爭

八仙山的森林曾經只被視為有用的，而忽略了他們也是美的。或者說，那時我們還不曉得「有用的」意涵包括美，也不曉得「有用的」應該包含對人以外的生物有用，當然更不曉得「活的、能生殖」的價值數字，其實是一個發散數列。

根據林務局資料與《八仙山史話》的記載，這片森林約在大正元年（西元1912年）被發現，數年後，日據政府的殖產局派員調查，開始計畫在大甲溪左岸及北港溪右岸設伐木區，面積約為一萬四千六百公頃。大正四年（西元1915年）總督府專設營林局，大正五年（西元1916年），開始在各溪上游進行伐木、集材、運材，早期都是利用天然地形，以人力降坡作業，或設施木滑道與土滑道，或利用絞盤作短距離集材，將原木滾滑放送至大甲溪畔，或開設木馬首將木材曳運一段距離到溪畔，讓水流運走樹的屍體。至於機器運材系統，則是從大正十二年（西元1923年），完成佳保台的三條纜車軌道後開始。

從計畫性採伐第一斧落下的大正四年（西元1915年），直到昭和

二十年(西元 1945 年),官方合計採伐面積約為 3622 公頃,採伐立木蓄積約為 1150233 立方公尺,得造材材積約為 70787 立方公尺,搬出材積約為 527494 立方公尺。

　　國府來臺時,八仙山的原始林已所剩無幾,成為「破碎林地」。民國四十八年,直到現在都還氾濫在老一輩人記憶之島裡的八七水災,將大甲溪上游運送木材的鐵橋沖毀,將沿線道路「恢復」成等待植物重生的坍陷地,八仙山林地幸運地因此獲得喘息。

　　但人們不會忘記消滅森林的快意,附近的大雪山林區,遂成為另一波之斧鋸目標。事實上,根據記錄,八仙山林地並未帶來財富。一份美國懷特公司前森林工程師施密特的報告裡說,從 1915 到 1945,八仙山林場虧損達九十萬美元以上。主要原因是自豐原經和盛、良久至佳保台間的森林鐵路選線不當,其次是現行索道與森林鐵路戶交互運用的系統中,以運輸較大的鐵路運輸系統搭配運輸量較低的自重式的索道連結,導致整體運輸系統不能得到充分經濟利用。

　　一個連如此「費盡心力開發」也無法充分「經濟利用」的林地,帶走多數演化百萬年的森林,成為現在的八仙山,人們獲得的不是利益,而是債務。就像勞倫茲(D. H. Lawemce)在《查泰萊夫人的情人》裡藉康妮的口轉述的,「一個英格蘭消滅掉另一個英格蘭」「工業化的英格

蘭消滅掉農業化的英格蘭」,「黑色英格蘭消滅掉綠色的英格蘭」,這過程「不是有計劃的而是機械化的」,人的靈魂未參與這樣的改變,只是軀體與慾望在運作,搬走木材,留下貨幣的債務、安全的債務,以及美的債務。

這就是人類歷史的一個小角落,但卻是八仙山自然史最重要的一段記憶,你說。

「八仙山森林開發史」說八仙山地勢險峻、土層淺薄,因此在砍伐後僅造植柳杉及扁柏林八百多公頃。當時的人們顯然還不懂,雖然一樣是「活的」植物,對山來說,柳杉和紅檜的意義不一樣。從日本移來的柳杉在某種意義上是「死的」,他和這塊土地上演化出的生物缺乏千萬年的磨合,最多只導致松鼠的過量繁殖。

而紅檜與其它原生在八仙山泥土上的植物是活的,是鬥爭後留下來的產物。即使是植物也不像我們想像的那樣靜靜地生長,在某些植株密度極高的林地裡,種子長大成樹的機率或許跟麝香鳳蝶數百枚卵的遭遇差不多,怯懦、衰弱、信念不堅的樹沒有生存的機會。所有的種子都相信所謂「命運」這東西,被鳥吃食的、落到乾地的、被較大植株搶去陽光的,勇敢而幸運地才活下來,它們被命運以適切的方位分散在森林不同的區位上,不像柳杉的幼株連兄弟姐妹的距離都被安排得整

整齊齊。

　　生物必然在生存鬥爭後與其它生物發生亦敵亦友的聯繫,「能移動」、「能生殖」、「勻稱」的美才在這種緊繃的野性鬥爭裡出芽。

　　你說,美在人類的藝術史裡,不是也和「不可馴服」「奔放自由」這些概念同一而生嗎?

思維自然即是塑造自身的形象

　　往上走是一條環繞山徑,通過昔日給伐木工人子女就學的國校舊址,然後到達一片孟宗竹林,竹林的盡頭是過去日本神社的遺址和八景紀念碑。

　　這條路上與百年前的景觀不知道差距多大?你說,在翻查一些臺灣早期伐木記錄時,眼前開始出現伐木的景象。在那個以二、三十歲青壯年人力砍伐生存超過千年神木的時代,伐木尚稱是一種軀體與軀體的搏鬥。伐木工人先以斧頭在樹幹上砍一個 V 字形楔口,大約深入樹幹直徑的三分之一,再用穿孔螺旋鑽一到三個孔洞,接著使用鋸子鋸拉鑽孔直達樹心。在鐵鋸一送一回時,樹身會拋出骨灰般的木屑,最後以斧頭負責斬經斷脈,樹木的堅持被摧折,生命不再向上延伸。

　　在巨大的立木被伐倒前,伐木工人照例會高呼三聲,警告附近的人

走避。等到巨樹伐倒後,還會呼叫一聲,表示工事已告一個段落。

喔喔喔+啊=一株紅檜倒下。

林宛諭在 2002 年 8 月《聯合報》的一篇〈走過林業滄桑史〉報導裡,訪問了日據時代的鋸木工人。工人說那時鋸一根巨木,工資約每鋸一台尺可換一斗米,其他行業一個月的工資也不過賺一、二斗米。鋸一根巨木可能要花上半個月、一個月,鋸木師傅要極瞭解木材的紋路,若鋸壞了,木材價值就會大打折扣。

那是伐木業尚屬手工業的時代。但是人需要更多的木材,於是發明了鏈鋸機。這時砍伐的量和面積,以一種加速度在進行。

達達達(馬達聲)+呼呼呼(喘息聲)=一群紅檜倒下。

據說巨木倒下的聲音,可以傳到一公里以外熟睡人的耳膜裡。大地被重重地捶了一記,枝葉四散,森林被壓出一道凹印。當樹不是以一株,而是以一群為單位倒下時,陽光失去樹冠的阻擋直落到地,耐蔭植物不久將會渴死,鳥被迫移棲。對許多細小生物的宇宙觀來說,一株樹就是一枚星球。正如今天的星象學告訴我們的,一枚星球不只是一枚星球,它和其它星球之間存有互相牽制互相吸引的「夥伴」關係。你說,生態學家康蒙納 (Barry Commoner) 所說的「物物相關」,不就像是某種萬有引力的「生態版」?

言說八千尺 209

你說，所有消失森林的國家，都經過這般的歷程——政客、資本家和伐木工人合作把森林和居住其上的多樣生命一掃而空的歷程。在那樣的時空背景下，或許我們不必也不能加以道德苛責，思維的目的不是為了鞭屍，而是為活著的時代開鑿小徑。現在是我們已經失去多數森林的時代，是應該為不伐木找理由，要比為伐木找理由積極的時代。

　　你說，在我們已不可能棄絕都市、建造房屋、繼續用紙的前提下，要怎麼伐木比較不傷害森林、土地，是科學家、生態學家的事；但陳述、摸索一種對待森林的新法則，卻是思想家和文學作者的事。理解對待森林合理模式的科學家才能設計出合理的伐木模式，而唯有科學家能設計出貼心的科技，才不會讓思想家成為道德的空談。思想家與文學家的筆，一面以一種不可計量的價值去詮釋另一種不可計量的價值，也在塑造關於「生而為人」的自我形象。

沉默是思維的伊始

　　這條往上的林徑裡，意外地你發現了不少的阿里山黃斑蔭蝶。

　　阿里山黃斑蔭蝶大概曾經聽過伐木工人高呼警告的喉音，和鍊鋸割裂森林的聲音吧。他應該記得這一切，仍然記得。在伐木的年代，每一隻阿里山黃斑蔭蝶所求都甚為卑微，他們必然都想著留一片古老又能

阿里山黃斑蔭蝶

學名 *Neope pulaha didia* Fruhstorfer，屬蛺蝶科蛇目蝶亞科。翅色為黑褐色，散布有較淡的黃褐色色斑，翅腹面的花紋頗為繁複。喜好吸食樹液與動物糞便，飛行速度極快。展翅約4.1-5cm，幼蟲食草是禾本科的玉山箭竹。

每年發出新筍的玉山箭竹給他們就好。玉山箭竹不是材積，沒有用處，於是阿里山黃斑蔭蝶得以存活。人類是自然選擇中最具主宰性的一環，而大自然面對人類倖存靠的卻是「機運」。

人類的美感也具有獨斷性，對多數人來說，高聳幽靜帶著禪意的孟宗竹林顯然更符合遊客的需要，坐在人造的孟宗竹林裡，我們的文化氛圍使我們特別容易感到一種整齊清涼寧靜的美感。

但這裡原並不屬於孟宗竹，人們清除這裡的多樣生物獨鍾孟宗竹，對阿里山黃斑蔭蝶來說是美還是不美？你問。生物的美感往往萌生依附在實用性上，只有人類的美感有時會超越實用之上。但人類的美感是否能讓其它生命感到一體同適？是否能讓阿里山黃斑蔭蝶沒有壓力地飛行？

走在竹林道上，遠遠看著一隻麝香鳳蝶不斷繞飛。你走近，舉起相機，她正產卵在竹莖近土的節目上。在脩長中空，對中國人具有人格象徵意義的竹子底下，有株代表麝香鳳蝶美感意識的馬兜鈴探出頭來（她正用她的前足品嘗讚歎著）。在這部分人類主觀「美得具有禪意的竹林」裡，蓋婭正讓屬於祂的美學蛇蛻出土。這不是一場美的爭辯，而是一種美的發現與擴充。如果美不能容納另一種美，那麼美就會僵直、冷卻、像老化的愛情，只剩下規律可預測的儀式。

你說，鹿野、野村、江崎，以及曾在這裡興奮地追蹤過蝶的研究者與癡迷者，一定會信賴森林的美的天賦，勝過蝴蝶牧場。有時候你覺得讓孩子在網室或飼養箱裡看「蝴蝶變態的一生」絕對是失敗的美學教育。蝶的美不能被單獨和森林分解出來，就像米勒(Jean Francois Millet，1814-1875)〈拾穗〉(The Gleaners)裡的農婦不能走出那片黃金田野。格式塔(完形，Gestalt)心理學派不就強調，知覺是各部之間相互影響的有機整體，而且整體大於各部分之和。人類的知覺不是各個細節堆砌的結果，而是能將所見所聞以一個「完整的形式」去理解。人類的知覺，天生就是一種符合李奧波(Aldo Leopold)「整全」(holistic)生態系概念的運作系統：生態系，是一種以「合聲」的方式存在的交響樂。

但整全也不是「一體同視」。這裡是八仙山，它不可能也不必和臺北市民與虎山的倫理相提並較。不不，其中並無優劣之分。你說，山有山的倫理、鄉村有鄉村的倫理、保護區有保護區的倫理、城市有城市的土地倫理。倫理的意義不在同化，而是鬆動、對應、柔軟。中國式文化中人倫的傷痂正是以一套倫理來應對每個「不同質」的家庭與人，才導致苦悶導致病。

這裡是八仙山，八千尺的高度要有八千尺高度的土地倫理，至少，

臺灣麝香鳳蝶
Byasa impediens febanus Fruhstorfer

不必勉強在這裡種植吉野櫻或孟宗竹。(這讓你想到陽明山的倫理，那些被日本人拿來思鄉的吉野櫻，現在卻成了臺北市民興奮以待的「異鄉花季」) 這樣的山適合保留她的真實面貌讓孩子們學習恐懼、跌倒，以及不斷尖叫發現新的生物，適合讓孩子們在機械樂園和水道旁鋪上安全石台階的擬自然外，另一種尋找野性的祕密基地。

當然，他們父執乃至祖父輩留下的國校遺址和碑石也會教他們一些什麼。

繆爾 (John Muir，1838-1914) 說，人是「在自然」中，而不「屬於」自然。他拒絕欣賞人類文明之美，但那是繆爾的美學觀。你說，對你而言，美和生物一樣愈多樣化愈好。人類雖然無能創造出一隻阿里山黃斑蔭蝶翅翼上宇宙混沌的美，但阿里山黃斑蔭蝶也無法取代聖彼德教堂或三峽祖師廟所具有的，屬於人的「意志線條之美」。美不必互相欣賞，但必要相互容忍。

你說，那是當你過去趴在地上探望一隻紅邊黃小灰蝶，聽到「有

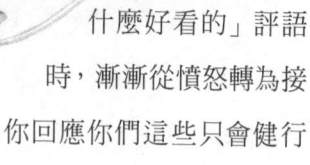

臺灣麝香鳳蝶幼蟲

什麼好看的」評語時，漸漸從憤怒轉為接受的理解。當你回應你們這些只會健行的登山客是美的目盲者時，並不會為他們點亮新的美的曙光，畢竟，美這種東西，怎麼可能存在於仇恨與鄙視之中？

你說，棄絕城市生活已無可能也無必要，諧調百萬千萬城市人與自然間的倫理關係，遠比帶領數百人推行簡樸生活要來得有效。百萬人一人一天少製造一張廢紙，可能是苦行者十年所節約的份量，對植物、垃圾場以及自己都意義非凡。

你說你不會想住在八千尺的森林裡，做為一個都市人，若因喜愛自然而在原本屬於其它生物的土地上蓋房子，其實就是對自己的「愛」的最大褻瀆。如果我們住在城市或市郊，保持一種疏林草原靈長類的演化模式，那麼就讓我們保持下去吧。我們可以時時刻刻到森林讓意識和肢體歷險，鬆開心底尚未被完全馴服的活物，並且也因此讓其它生物獲得安寧。多數山羌，應該不會期待一個人類鄰居。

也許有人認為失去多數原始森林的八仙山已經是一處布滿人工履跡的森林公園，但對你來說，野地即使只剩下一個院子大也值得保留、值得駐足、值得探索。

你收起望遠鏡、記錄紙、相機，準備開著老爺車回到你的城市裡。這些「文明產物」，默默地為你建立了多年的「靈性意識」。你說如果無法絕對地拋棄物慾，將這些昂貴的器材保持在最佳狀態，使用到它們最高的年限，也是一種尊重的方式。你說，也許，你說得太多了，應該讓我自己用感官去體會屬於我的自然觀，大地的說明必然要詳細得多。

　　雖然你不是任何宗教的教徒，但有段出自《聖經》K.J. 版本 (King James Version) 約伯記的文字，是你有時會引述的「信仰」：

　　　　你且問走獸，走獸必指教你；或問空中的飛鳥，飛鳥必告訴你；
　　　　或與大地說話，大地必教導你；或差遣海中的魚向你說明。(約伯記，
　　　　12:7-8)

　　海裡的魚 (黑翅膀飛魚) 曾經告訴達悟族什麼時候捕魚、什麼樣的人吃什麼樣的魚；山裡的鳥 (繡眼畫眉) 曾經告訴泰雅族打獵是否會順遂，而八仙山的蝶告訴了你什麼？

　　你說，沉默是思維的伊始，而被告知者永遠不曉得自己是否已被告知。

Writing on the Move 行書

回憶在腦細胞裡繁殖,時光閃過語言區,透過神經指揮肌肉化為文字,然後有一天細胞死亡。遺忘。書寫是記憶的骨灰甕,時間的墓碑。你閱讀,我知道你在閱讀(你在閱讀嗎),閱讀不含熱量,不會長贅肉。閱讀只會蒸發水分,改變情緒的河道,或讓靈魂飛行(就像煙一樣)。在行旅中書寫,然後成長(或者說衰老了)。

我為衰老而寫,你為衰老而讀。是為行書。

我的麥哲倫

　　當我跟你說準備騎自行車環島時,我已知道那驚訝裡必然容存著明瞭的體諒。就像無法抵擋紫斑蝶南飛的沉默召喚一樣,我必須循環式地離棄在論文、書堆、情感裡疲憊的軀殼,神魂出竅。

　　先前載我穿越北橫的自行車年初才失竊,新的登山自行車在出發前幾天才組好,我把它命名為「麥哲倫」。倒不全然因為葡萄牙航海家麥哲倫的緣故,而是因為珠光鳳蝶。我一向著迷於珠光鳳蝶,那綢絨般的深邃黑色前翅,與多數時間反射黃色光,部分角度訴說著藍綠祕密光澤的後翅。

　　1519 年,麥哲倫率領一支由五艘帆船兩百六十六人組成的探險隊,帶著尋找香料群島與傳播基督教真理的信念從西班牙塞維利亞港起航。船隊渡過大西洋到達南美洲火地島,在 1520 年 11 月 28 日穿過智利南方,南緯五十二度的海峽。日後這個峽灣遂以麥哲倫為名。離開海峽後,船隊在海上缺糧斷炊,卻出奇幸運地在一百一十天的航行裡未遭遇暴風雨,於是船員們將這片海洋命名為太平洋。太平洋並非沒有暴風雨而被稱為太平洋,而是因為一艘船幸運地沒遭遇到暴風雨,船隊上的眼只看到了一條航線上的海,只接到暴雨中的一滴雨,只聽見了上帝打鼾時千萬分之一個呼吸。

珠光鳳蝶

學名 *Troides magellanus* C. & R.Felder，屬鱗翅目鳳蝶科，保育類蝶種。翅色為黑色，前翅呈鳥翼狀，翅脈呈米色。後翅為物理鱗片，散發黃珍珠色光彩，會隨光線變化而改變色澤，翅緣有黑色的齒狀紋路。展翅約10-12.5cm，幼蟲食草主要是港口馬兜鈴。(見彩圖二十六)

飢餓的水手們一面以桅桿上的皮帶充飢，一面聽著海浪與彷彿梅杜莎魔魅歌聲的鯨唱，抵達菲律賓群島。

當時西方世界所謂的探險，部分是政、軍、宗教力量的展示。不太意外地，懷抱著傳送基督教真理與西班牙查理士大帝威權的探險者，與不願莫名其妙降服於劍與聖經的島嶼部落發生了衝突。麥哲倫身先士卒，帶領著武裝船員去「教化」土著，在1521年4月27日於島嶼的沙灘上受創於「不信上帝」的異族矛下，闔上那雙野性的冒險之眼（一切情緒都離去了）。餘下的水手與船隊倉皇離開島嶼西航，然而所謂的「西方文明的種子」，和他們帶來的植物與病菌被遺留在這個熱帶國度，無意中改變了一個向來封閉發展的文明。

只剩下維多利亞號的麥哲倫船隊仍然繼續前進，取道南非駛抵西班牙，在1522年9月6日返回西班牙塞維利亞港，完成了歷時三年的環球航行，兩百多名水手，只有十八人返鄉。

於是，地球在人類的概念裡由方變圓了。

珠光鳳蝶屬於 Troides 屬，這屬的蝶種在英文俗名中被稱為鳥翼蝶 (Birdwing butterfly)。跟著名的牙買加鳳蝶一樣，她們飛行時龐大的翅翼極易被誤認為鳥。而零散分布於菲律賓群島的珠光鳳蝶的學名賦名，或者和麥哲倫的發現、勇氣與死亡之航有關。她的種名，似乎就是麥哲

倫 (Ferdinand Magellan,1480-1521) 的拉丁化。陰黯深沉如地獄的無盡太平洋，燦爛憤怒陽光下閃現著天堂之色的飛行珍珠，循著丁香的嗅覺路徑、手持聖經與懷疑航向涇漫大海的船隊，分布最北限的「人之島」（達悟人稱蘭嶼為「人之島」）上沉默演化的麥哲倫之蝶；航行與飛行，尋找與回歸，奔走與終結。

而我剛組成的新車，正是黑黃塗裝的車身──準備將我肢體運動與心跳訴說給地表知道的「麥哲倫」。與其說麥哲倫這個賦名意味著某種企圖，不如說是帶著緊張。因為我猜，麥哲倫在饑餓卻無風無雨的太平洋上，一定多多少少為自己的冒險後悔過吧。何況任何旅行的前奏，都是緊張，只不過好奇終會壓過緊張。

嗯，你就叫「麥哲倫」吧，我藉由我的腿告知，並得到鏈條軸承與花鼓連動間微顫輕旋舞蹈的應允。

向上，而後降海

05:24 離開永和，14:30 抵達蘇澳。行經北宜進入臺九線，途經新店、礁溪、宜蘭、羅東。騎行時間（含中途休息）9 小時 6 分鐘，騎行距離 105.9km

2002 年 12 月 10 日凌晨五點，麥哲倫和我出發。後行李袋裡有一

架 NIKON FM3A、一架 FM2、50mm 與 24mm 鏡頭、防寒與替換衣物、1989 年劉開設計的筆記本、筆兩支(紅黑各一)、備胎兩條、工具組、睡袋、補充熱量的巧克力、臺灣地圖,以及白芮兒‧瑪克罕(Beryl Markham)的《夜航西飛》(West with the Night)。

就從永和的住處落筆,我的行書。城市亮著路燈,絲毫沒有睡意,我騎上麥哲倫,三十分鐘後到達新店。登上北宜之前,在新店溪下的橋頭稍事休息,看著逐漸醒來的天空。溪水在這個過彎步調慢了下來,光線在水分子間衝撞迴盪,冷色調與暖色調像不同比重的液體,靜待時間調配,那光愈來愈暖,逐漸把城市從凍僵的夢裡暖醒。我和「麥哲倫」被夜與初陽、溪流與山、車聲與水聲包圍,感受著時間改變著空氣與色彩,與逐漸流失的寂靜感。水從上游淌下,而我要往下踏踩,望上攀爬。我是香魚。

嘿,你知道香魚嗎?他們曾經在此降海,然後在春天剛開始的時候像我一樣溯流而上。

臺灣原生的香魚是降海型的香魚,又稱桀魚。《諸羅縣志》描述牠們巨口、細鱗、無刺、形如鯔,長六或七寸。每年秋天溪裡的香魚迴游繁殖,雄魚先成熟,等待新娘的育卵期來到,雌魚將帶著黏性的卵著在溪礫上,雄魚隨著釋放精子。上一代的親魚就在遺留下精卵後靜靜地

行書 221

死去,被苦花、溪哥或水生昆蟲分食,或被長居此地的原住民族群與漢人捕回。鹽烤後魚身發出河流的香味,孩子的眼睛躍動粼粼波光,而卵則在新店溪搖籃般的波動裡孵化後,降海度過童年與幼年。次年孟春,魚身轉為深色,體內歸鄉的基因開始激動,他們溯河上游,憑著嗅覺地圖又回到南勢溪的烏來和北勢溪的坪林。

　　由於生命僅有一年,香魚也稱年魚。

　　過去居住在新店溪沿岸的居民,年年都會在香魚迴游產卵的期間帶著飯糰、酒、菜餚到溪邊捕食香魚,邊談天敘舊。連橫有一首關於香魚的〈竹枝詞〉,頗能體現彼時情景:「春水初添新店溪,溪流蓄渟綠玻璃,香魚上鉤剛三寸,斗酒雙柑去聽鸝。」(三寸?不不,請先放了他去溯游吧,等待秋來溪流會給你一尾五寸的。)

　　日據時代頒布了禁漁令,最嚴格時規定十一月一日起至次年五月三十一日都不能釣香魚,罰金當時幣值六塊錢。1909 年日人建造的屈尺壩,還設計了當時臺灣最早出現的魚梯供香魚溯游。我有時會想像著,香魚是如何經過這條迥異於溪床的道路,溯流歸鄉?

　　香魚之路,年魚之路,憐魚之路。

　　根據漁業局的漁業年報記載,1965 年香魚捕獲量全臺為拾參萬伍仟公斤。但最遲到 1977 年,新店溪已無香魚。現在新店溪裡的陸封型

香魚，是日人提供野放的。1977年，在日本經營釣具的釣客藤井對新店溪這樣的溪流裡沒有香魚感到懷疑，經地方人士告知臺灣香魚因迴游到淡水河河口便遭遇水污染，而產卵場則因過量的砂石開採而無法著卵，終至消失在新店溪。次年藤井從日本琵琶湖帶來三萬尾香魚苗，但魚群不適應南勢溪湍急的流水而失敗。1979年再次放流，再次失敗。1982年，翡翠水庫開始興建，攔砂壩陸續築起，新店溪流域水流減緩。這次，從和歌山引進的三百萬枚魚卵終於生存了下來。但水庫與攔沙壩也同時阻斷了香魚的迴游之路，香魚既無法上溯，也無法游到高污染的淡水河口，在無人告知的狀況下香魚們被剝奪了迴游的習性，轉化成陸封型。

（把那一百多公里的歸鄉之路，從你的記憶之核剔除吧。）

臺灣原生香魚並不曉得自己的族群是在怎樣的狀況下消失（他們或許可以理解網罟、魚刺，但想必不瞭解化學物的污染），移居的香魚也不明白為何他們從千里外的溪流被移到一個截然不同的流域。當香魚的消失與香魚的放流全都掌握在「人」的手上時，談論「香魚文化」究竟算是對香魚的敬意，還是對我們祖先的嘲諷？

我踩著麥哲倫，猜測新店溪流裡的異鄉客，會不會想念和歌山溪流上游的風景？

不知道。不知道當年香魚溯溪的速度，比起我和麥哲倫爬陡坡時的八、九公里的時速是快還是慢？不知道當年最後一群……不，也許只有三三兩兩像小學生一樣結伴回家的原生香魚溯溪而上時，是如何鼓動基因裡最後一點歸鄉的熱切，而後因體內累積了過多的重金屬衰竭死去。不知道將死未死的香魚不具備眼簾而無法闔上的眼，遺留在網膜底色裡的是否仍是一個攀爬的視野？

　　在水裡用背鰭和尾鰭溯流躍泳，和踏踩單車的我必然看到了截然不同的風景。水流的力道擊在水晶體上，彷彿在光裡游行，他用身體旁的「側線」(lateral line)「摸觸」著一切近身的障礙物，從容避過漂流的濕腐落葉，有時會遇上溪石與斷枝所築起的陡坡──躍上去！

　　上去！

　　騎單車爬坡時的視線是充滿頓號的間歇性風景，帶著些微顫抖，一吋吋被喘氣聲拉近、開展。那和騎機車或開車時的視野截然不同。騎單車隨時可能因腿力不繼而減緩或停頓，視線被不自覺落下的汗水及呼出的熱氣，融化為刺痛與模糊。有時則因為過於專注將力量傳到鏈條，一回神過來，距離、風景、與時間俱皆過往，彷彿方才閉眼潛游。

　　我閉眼潛游，呼氣、吸氣、舔舐著嘴角邊的鹹汗與綠色的風，偶爾

被高速駛過的砂石車震得向谷地的方向偏斜。與我同高的溪谷上空有三隻晨起的小白鷺以縱隊飛行,像山吐出三句輕飄飄的白色歎息。其中一隻不曉得為什麼,突然折回原路飛去,與另二隻等速遠離。在與白鷺飛行同樣的高度看著他們飛過亞熱帶林地的冠層,有一種超現實的立體感。耳邊同時出現紅嘴黑鵯、白頭翁、綠繡眼、褐頭鷦鶯與灰喉山椒的語言,我聽不懂,只能感受。我慶幸我聽不懂,他們有他們煩惱的事,我有我的。不過,如果把我們不懂的事一貫摧毀、置換掉(就像當時的歐洲人想把澳洲改造成新歐洲,麥哲倫要求小島酋長改信耶穌),那我們可能變得只會命令或溝通,而不會感受。多數時候命令與溝通是說服的不同型態,是誘導。

可是天知道感受與直覺才是活著的牽掛。

我感受到直覺到妳現在也在感受直覺我。正如妳所叮嚀的,冷氣團這幾天會來。別掛心,只要肌肉處在消耗熱能的運動狀態,即使是零度的低溫也會冒汗(何況今天十一度)。對我來說,疲勞比寒冷更令人沮喪。我盯著里程表說服自己的身體其實並不會疲勞,但身體還是漸漸脫離意識的掌控。我正開始衰老的身體與新生的麥哲倫經過二十六公里的爬坡直到風露嘴,接著隨著風降到坪林。喘口氣。

一世紀前游到這裡的香魚想必也喘了口氣。

青帶鳳蝶

學名 *Graphium sarpedon connectens* Fruhstorfer，屬鱗翅目鳳蝶科。翅色藍黑色，由於每一翅間有一青斑，遂連成一條遠看像青帶的花紋，後翅亞外緣有弦月紋。展翅約4.8-5.3cm，幼蟲食草為樟樹，飛行速度快，是臺灣最常見的鳳蝶之一。（見彩圖二十九及本篇扉頁素描）

    北勢溪從棲蘭山而下有七處迴頭彎，每一次迴頭彎就在緩流時沖積出一個平坦之地。坪林因地勢平坦而稱「坪」，北面為伏獅山區，南面是阿玉山。清朝嘉慶年間，福建移民自安溪引進青心烏龍種於今日的文山茶區，於是移民喝起了文山包種茶。

    過去我來坪林附近從不是為茶，而是水域兩側緩灘集聚的吸水蝶群。來這裡記得要選擇清晨，在水流帶下的淤灘上，去看看青帶鳳蝶、寬青帶鳳蝶、青斑鳳蝶，去看看石牆蝶、端紅粉蝶，偶爾還加入雙尾蝶的吸水群，去看看山。

    雖然在這十二月的寒天裡，北宜公路上蝶蹤杳然，但我在眺望山勢時發現這一路上的次生林地均呈現多種樹種交錯生長的繁茂狀態。有了這片闊葉林我和蝶都可以放心，生命在等待天暖，在某處。

    從坪林後遂是一段上坡與下坡交錯的道路，直到另一個高點石牌。根據記載，石牌附近的北宜和清光緒年間的「淡蘭便道」部分疊合。清朝時這是一條以「木馬」載運伐木的道路，而到日據時期，日軍在整修後成為用以載運軍火的守備道路。由於可以跑馬車，這條路遂被稱為「跑馬路」或「馬車路」。現今車已不行此，昔日新路已成「古道」。雖然有部分車友將「跑馬古道」當作一條騎行的路線，我仍選擇循著鋪上柏油的北宜前行。一面是因為貪圖輕鬆，另一面則是我只以腳步踩上生

有植物道路的某種執念作祟。或許下次再來步行探訪。

在耳膜感受風的刺震動中,我想起翅膀,與麥哲倫以之字形的風切迴向隨路下滑,擬態飛行的快意。陽光勇敢而透明,空氣中飄浮著霧化的微塵,綠蔭正在離開,一群綠繡眼以跟我等速的四十公里彼此呼喚。

時而急促時而輕緩,蘭陽平原在我的眼底舒展,一幅后土的長卷。

在礁溪的一家 7-11 除了吃掉一根熱狗大亨與御飯糰的二十分鐘,我沒有多作停留。沿著蘭陽平原的濱海公路繼續前騎,平地路段較諸北宜省力得多。路看來雖然筆直,但從候鳥的角度來看,這應是一條時而接近海時而遠離海的曲線。

眼看麥哲倫上的碼錶逐漸轉動超過一百公里。我想告訴妳,我聞到海了。

板塊與板塊、海岸與山脈

05:50 離開蘇澳，17:20 到花蓮市區。沿臺九線（山線）途經東澳、南澳、漢本、和平。騎行時間（含中途休息）11 小時 30 分，騎行距離 109.2km

　　我曾經在一本嗅覺之書裡讀到一段記載。一名叫傑西 (J. Jessee) 的作者在一篇〈喚醒懷舊之情的嗅覺〉(*The sense of smell awakens nostalgia*) 裡提到，「海的味道」會讓人放鬆，減少臉部百分之二十的張力，表情因此柔軟。

　　現在我的臉上，不知道是否是一種「放鬆的肌肉狀態」？

　　可以肯定的是腿的肌肉未曾放鬆。天尚帶著憂鬱的夜的色澤時，我離開蘇澳的公路順著海岸山脈，山與海肅穆交錯，砂石車驚人的隆隆震動由麥哲倫傳遞上來，簡直像是在一群狂暴的象群中騎行。與昨天在北部的陰冷不同，不到七點鐘我就脫去防風外套，整個自行車褲的襯墊都濕透了。

　　在往東澳一處乾涸的泉水洩流處，我停下車嚼食花生巧克力，然後遇上一群臺灣單帶蛺蝶。三隻雄蝶彼此追逐，一隻雌蝶則在一堆腐葉上一面吸吮，一面展翅迎接陽光。臺灣單帶蛺蝶是「雌雄異形」的蝶，雄蝶與雌蝶的外貌相差很大，雄蝶那道白斑旁有著蝶類視覺最易見到

臺灣單帶蛺蝶

學名 *Athyma cama zoroastres* Butler，屬鱗翅目蛺蝶科蛺蝶亞科，又稱為雙色帶蛺蝶。雄蝶翅色為黑褐色，前後翅皆有一道白斑，前翅翅緣有三枚白斑。白斑周圍會散發藍色光澤。雌蝶為較淡的褐色，形態近似三線蝶，但帶狀斑紋為橙黃色。展翅約4.2-5cm，雌蝶略大，幼蟲食草為大戟科的裡白饅頭果、細葉饅頭果等。(見彩圖二十七)

　　的藍紫色光，就像從天文望遠鏡裡看到的冥王星光暈，這是為了求偶發展出來的「自顯」策略；而雌蝶則與三線蝶接近，在濕地與林緣陽光與樹影、榮枯相間的草叢中有著極佳的掩蔽。即使臺灣單帶蛺蝶也分布在中國與中南半島，但當他們生活在臺灣的溪澗、林緣與山陽面，啃食依存臺灣土壤而生的饅頭果時，某些不適應的幼蟲被病毒感染，某些被掠食，某些活了下來，牠們體內的「臺灣」就多了一點。「臺灣」是這個島嶼上所有生物與生境的混合詞，一個不斷變動的名詞。臺灣每天都在死亡一點，誕生一點，然後變得更加臺灣。

　　在陽光熱烈的東臺灣，臺灣單帶蛺蝶即使連十二月也未停止羽化，或者，應該說東臺灣的初春在新的一年還未來到時就萌生，冬天消失了。在這個離路旁不到兩公尺的林緣凹地，「初春」就是臺灣單帶蛺蝶，就是堅持捍衛無形空域邊界的姬黃三線蝶，屍骸懸掛在蛛網上的圓端擬燈蛾，前翅掉落一旁的黑點粉蝶，以及圍繞著他的那群不需討論就有共識的舉尾蟻。

　　對舉尾蟻來說，翅膀並不好吃，也缺乏營養，而且增加了搬運時的重量，是應該丟棄的行李。有一天我成了一具屍體時，指甲、牙齒與頭髮大概也會讓其它生物缺乏食慾吧(坦白說，我是那麼恐懼在活著的時候就掉頭髮或掉牙齒)。人類大概是唯一會想辦法把死亡軀殼留下來的

圓端擬燈蛾
Asota heliconia zebrina Butler

動物,許多古老文明都有保存軀殼以等待靈魂再次進駐的儀式。但接觸自然的這幾年來,我漸漸了解,一個生物的死亡是其它生命生存的依藉,輪迴總以奉獻軀體的模式存在。大地沒有情緒,它只負載情緒,不管任何形式的死亡,只要能被土壤消化的死亡就是睿智的。

讓黑蟻搬走黑點粉蝶,卸下她的翅膀,讓曾經飛翔的身體成為眾多黑蟻奔走的能量。讓懸勾子消化赤腹松鼠,結成紅色的果實。讓拉都希氏赤蛙的蝌蚪,分食死去的母親身體,逐漸長出稚嫩的後腿,划水前行。

種族與種族間以一種陌生的親密狀態,為人類知識體系所創造出的「生態系」這般的詞下定義:一個個體總合無法等於總體的詞,一個可以被拆解成無窮的細部,卻又能組構成一連串詩一般動態複義的詞,一個發散數列,一個容納所有生命活動意象的黑洞。有些事上帝不想說得太清楚,於是讓祂造出來的生命們說,「生態系」這個詞,可能是人類所造出來的,最接近上帝旨意的一個符碼。

生態系不需要人類「保護」,只要求人類不去破壞某些律則。坐在這個文明公路的轉角處,在我身後的這個林緣窪地,一個從屬於野性

規則的宇宙以它自己的速率在創造對話、佈置陷阱、進行婚禮、以肉體書寫生與死的意涵。

即使只是站在路旁觀望，我仍然流了一身的汗，東海岸好像特別接近太陽似的。我在筆記上記下片段，希望回去都市以後，此刻的思考尚能以文字解凍還原，能留下汗味，仍然陽光，具有速度。我突然想到，也許可以把這次旅行的記錄叫做「行書」，在「麥哲倫」上航行時逐漸成形的、匆促的、流動的、即興的書寫與給你的書信。

抬起頭，一隻石墻蝶像無重力狀態下的薄岩片往海岸飄去。

早晨七點半，過東澳，過「幸福水泥」。東澳是個規模很小的聚落，一個灰色的聚落。這裡離海其實有點距離，應該是水泥開採後才形成的工業小鎮。不過這裡的山看起來並不太幸福，至少並不因擁有加熱後可以釋放出氧化鈣的變質石灰岩層而顯得幸福。你記得我跟你提過柯倍德 (Callicott) 教授提過的「採河砂還是採海砂」的兩難命題嗎？受了柯倍德教授的啟發，我不再秉持著過度的道德理想主義而反對採水泥，人類過了以石塊與樹木製造居室的階段，進入了居住水泥空間的階段，文明自然就會產生從山裡提煉出水泥的活動來。不過如果必須擴大水泥廠來生更多的孩子，再讓孩子們住在水泥裡而失去一些山，我選擇讓

行書 231

自己不孕。

穿過新澳隧道,我騎行在板塊與板塊,海岸與山脈間。

你知道嗎?地質學家說臺灣東部的海岸山脈原本是一座火山島,是因為南中國海的板塊隱沒到菲律賓海板塊下所撐浮出現的。島曾是海底的山脈,是一頭沉潛億年,緩緩浮出的大翅鯨。它緩慢地向西北泅泳超過一千萬年,小島(火山島)與大島(古臺灣島)連接了起來,而中央山脈與火山島接縫間的河流則抑制不住朝海的衝動,於是水向低流的意志下經過數百萬年後形成花東縱谷。

海岸山脈與臺灣島的相接,地質學家歸諸板塊的流動,有信仰的人可能就會說是造物主的意旨。你記得嗎?我在一篇叫做〈想起那個么兩參〉的小說裡寫說:上帝的意旨如蝴蝶的飛行。

我在這裡撥了電話給你。你聽得到海浪嗎?那聲音裡頭隱藏著讓這兩個板塊最終相遇的力量。板塊仍在推擠,力量仍在湧動,魚仍在泅泳,黑潮與親潮仍在相遇,海閃著亮光,山冒出五節芒,岩石擠壓成痛苦的紋理。

你在歐亞大陸板塊上,透過電波以聲波敲擊在菲律賓海板塊上的我的鼓膜,聲音被海浪與記憶切割、續續斷斷。多休息一下再出發吧,你說。我關掉手機,望著彷彿可以收納並寬恕所有靈魂的海,右膝的疼

痛突然清醒起來。

　　這趟旅行因論文預審後的修改而不斷延後,但我始終認為這是一件比修改論文更重要的事。雖然即將拿到博士學位,不過心底卻一點也沒有「某個階段」完成的感覺。這幾年的研究生的生活讓我發現,發表論文似乎像是鳥類爭取「啄序」的動作,或說像金魚一樣漫無目的地往灑飼料的方向游動的動作,學位似乎已經失去價值感。

　　我需要疼痛提醒。而眼前深藍如某種靈魂深處的海,多多少少給了我一點自癒的力量。

　　如果說海岸山脈與古臺灣島的相遇是造物主所安排的,我現在開始相信,地質學家、動物學家、科學家就是巫師,就是薩滿,就是乩身。他們在預言(或印證)造物主的神蹟,在理性意識的莽林裡尋找祂疏忽(或刻意)留下的「微證物」。這樣想來,或許達爾文(Charles Darwin)從來就是使徒,而不是叛徒。

　　達爾文當然是一個有野心、才份與樸實調查精神的科學家,但他也是一個有想像力與重視精神直覺的科學家。在小獵犬號的旅行進入巴西索色果熱帶雨林時,他曾說:「這些壯麗的景觀中,若要具體指出我所欣賞的個別對象,是易如反掌之事,但是,要適當地說出充斥並提升我心靈的奇妙、驚異、專注等較高層次的感覺,則是不可能的。」那感

行書　233

覺接近天啟,接近美與直覺,接近森林,接近午後在林徑上突遇的一場驟雨之後的清新大地。我們難以數清一場雨落了多少枚雨珠,只能直覺面對不可言狀的美、危險、張惶與命運。

這裡的陽光乾脆俐落,暖得「麥哲倫」像有血液在流動似的,只是體力已經變差。在這段穿梭在海岸與山脈的道路,從漢本到花蓮的五十幾公里,我騎了將近六小時。有時離海遠一點,有時離海近一點,有時暫停踏踩補充水分,有時停止思考開始思念。在途中讓受傷右腿片段休息的時刻,我斷斷續續翻完了白芮兒《夜航西飛》的後半部。

讓我錄一段給你:

他們不需要過於擔心。我很擅長超低空飛行。當你陷在六十哩的濃霧裡,飛在樹梢上方兩呎地方時,駕輕就熟似乎變成很自然的事。如果你曉得你的安全極限並不比你的肩膀寬,那麼你的自衛感就變得相當敏銳。你感覺被困,你不能允許自己有任何高度,否則就會被濃霧併吞,如同在你前方某處的山被它併吞一般。於是你設法浮在能見度的窄廊屋頂下方與樹梢上方,樹看起來像顛倒過來、即將下雨的烏雲。我沿著從塞拉邁到平原區的斜坡滑行,繞向東或西邊,拐過小山圓丘或攀附山谷

多霧的曲線。過一會兒,我發現一個藍色洞口,於是往上攀升,穿越而過,依照指南針的指示——到達依孫巴。

下午五點十分,我在花蓮。

穿過縱谷,穿過回歸線

06:04 離開花蓮,15:30 到臺東池上。沿臺九線(山線)途經壽豐、豐山、鳳林、瑞穗、舞鶴、富里,騎行時間合計(含中途休息)9 小時 26 分鐘,騎行距離 118.6km

吃過早餐不久,雨就開始下了。不是心急張惶的雨勢,而是安靜的霧雨,彷彿刻意在配合呼吸節奏的雨。防雨外套防了雨,但也阻擋了汗的離開,「麥哲倫」後背袋裡的相機也讓人擔心。為免雨滲透進行李袋,我在壽豐鄉的豐山村路旁一家關著的刻碑店前停下避雨,用另一件雨衣裹住後行李袋。

騎樓下擺了一套應該是擺在小學教室的課桌椅,椅子少了一隻腳。那縮小的、迷你的模樣讓我想起某些會隨著時間漸漸縮小的物事。前陣子我母親從衣櫥裡找到我小學三年級的跆拳道服和六年級的制服,「哪有可能濟細漢?」她笑著說。

我的個頭向來很小,直到小四每逢周六穿便服時我常常混在擁擠

公車裡,享受不用剪票的權利。現在我雖然個頭仍然小,卻已經大到連胳膊都鑽不進去時光的衣服裡。我還記得穿著那件跆拳道服在學校運動會表演「頭部擊破」的事,照例學校的活動爸媽都因做生意而沒到,姐姐拿著借來的相機準備替我拍照,有許多同學與家長圍觀要看我小小的頭殼如何把脆弱的甘蔗板擊破。板子上襯了一層毛巾,當額頭接觸到的瞬間有一種冰涼感。頭部擊破的訣竅在用蛙跳的姿勢把全身的重量交給先落下的前額,那塊全身最堅硬的骨骼可以輕鬆地讓木板喀一聲斷裂。我連續跳了三次,才在迷迷糊糊的暈眩中感到那塊教練挑過最脆的板子斷裂,我舉起板子,心裡充滿虛榮感。

　　照片應該還在母親收藏的相簿裡,相片裡的我應該還以不會老去的姿勢舉著那塊裂成兩半的木板。

　　雖然我避雨的這個小屋就靠著馬路,時時有早起的農人開著發財車經過,但此時從我眼裡望出去的小鎮確有一種寂靜之感。狗吠、引擎發動、輪胎輾過柏油路,細雨接觸到乾燥泥土的微細聲響,都被某種神祕的物事吸走,讓我沒有「感到聲音」的感覺。

　　我在筆記本上簡單地畫了一下避雨的場所,然後取出《夜航西飛》,回頭去細讀我摺起的書頁部分。你知道這是我看書的壞習慣,我會把某些在閱讀時讓我停頓的頁面摺起來,然後再一一打字到電腦裡去,書

因此都被我摺得亂七八糟。有時候摸著書頁上那道細細的摺痕，像撫摸自己腦葉的摺痕一般，可以對映那兩處間的連結究竟是什麼，究竟是什麼讓我對某些陌生人所書寫的陌生世界，有一種微笑或痛楚之感。

讓我再抄一段給你。

寂靜有許多種，每種都代表不同的意義。有一種是清晨在樹林間的寂靜，這與沉睡中城市特有的寂靜不同。暴風雨過後與之前的寂靜，兩者間也有所差異。還有空虛的、恐懼的以及疑惑的寂靜。有一種寂靜會從一件沒有生命的東西中散發出來，例如一張最近才用過的椅子，或一架琴鍵布滿灰塵的鋼琴，或任何一件曾經是人類娛樂或工作需求的物品。這種寂靜會說話，它的聲音可能鬱鬱寡歡，但也不盡如此；因為椅子可能是一個愛笑的小孩留下來的，鋼琴發出的最後一個音調可能是嘹亮而愉悅的。無論是哪種氣氛或環境，它的本質可能在下一刻的寂靜中流連不去，它是一種無聲的回音。

我解開防風外套，充滿水汽的風打開身體的毛孔，記憶舒展，身體並不渴。我記錄了一下里程數和時間，七點二十分，總里程數兩百四十六點九公里。雨沒有要停的意思，但麥哲倫和我也沒有永遠等待

的意思。

往前,麥哲倫的胎紋濺起細細的水花。

騎過豐山,我騎進福爾摩沙最年輕的山脈皺褶。開車通過花東縱谷的人一定難以感受到,在這裡曬著太陽,順著土地的起伏前進是多麼讓人心跳的事。八點四十,接近鳳林時雨停,陽光愈來愈亮,路反倒是愈展愈長,我喜歡這樣的長路,它讓人想休息。

我找了一塊草地,讓「麥哲倫」和自己躺下。當車輛從十幾公尺外的柏油路面通過時,腦袋會微微震動。陽光有點刺眼,我翻過身子趴在地上土地,肌肉因短暫的鬆弛而感到快意。我擁抱著蓋婭,施夢者,海岸山脈、太平洋以及各種草的香味。並沒有入睡,但獲得了能量。

你看過《喜瑪拉雅》嗎?那個落單的老酋長霆雷帶著一批久未翻山越嶺的老人去做鹽交易,出發前隊伍裡有人擔心會發生危險。老酋長說,「山會記得我們的。」山會記得我們,不是自信也不是屈服,而是一句禱詞。名字是讓親人與朋友呼喚,飛行為了讓星辰認得,身體是讓土地認識、呼喚的。只有讓自己相信自己是山的子民,期待山會給予自己特別的祝福與寬容待遇,才會有勇氣面對未知的路途。

但山的子民心底都知道,禱詞只能增加勇氣,並不能改變自然界的

無情與千變萬化。山並不會因單一個生命改變意志,山無目的地扶養許多生命,但山也會無目的地奪去生命,山既是守護神也是死神。

與其說要讓山記得我,不如說我想要記得山,我不想一輩子只記得冷氣房和銀行存款,不想要過於乾淨、不太流汗、躺在遊覽車裡吃零食的旅行。我不是生物學家、冒險者或登山客,只是一個活在土地之上的脆弱生命而已。

軀體必得活動、奔走;靈魂必須長繭、掙扎,有時甚至必須淌點血,否則我們不曉得肉體的存在與肉體之內的存在。我想要感受疲憊,理解奔波。是以這趟旅行我並未像過去緩慢步調的觀察,而是以體力的極限去移動,讓精神官能身體離棄熟悉的自我。艾克曼(Diane Ackerman)不是說過,「當我們緊張焦慮時,就會動身赴往未知的境地,進行象徵的旅程,讓新的官能運作,使我們保持警醒,恍如重生」?

旅程是為了鍛鑄軟弱的靈魂,抬起腳步,跨過疑惑的邊疆,踏進陌生的國土。

在通過光復淨水廠不久,一隻琉球青斑蝶(疑似)隨我飛了幾百公尺。他被我和麥哲倫從草叢邊驚醒,然後隨著風向時而超越我,時而落後我。抬起頭來可以看到他的翅斑透著陽光,像歐洲教堂的彩繪窗。在

路邊喝水時我也看到新鮮的紅邊黃小灰蝶和白波紋小灰蝶，不是什麼稀有的蝶種，是我的老朋友。午餐則是在瑞穗的 7-11 吃的，黑胡椒牛柳燴飯和一瓶柳橙汁，離開瑞穗不久有一群大約二十幾隻的八哥。至於是哪一種八哥，我沒能看清楚。

　出了瑞穗後的上坡就朝向紅葉溪與秀姑巒溪沖刷出來的河階台地，朝向舞鶴。

　舞鶴這個地名，我想你一定會想起小說家舞鶴吧。但這個地名其實是個「日本名」，像我提過的「美濃」一樣。

　賦名是人類認識世界的基礎，也是宣誓某種自身眼光建立起來世界觀的符號。我在行前翻閱的一些書籍裡，知道這裡早期的地名是「馬於文」，是太巴塱社和飽干社的居住地。後來阿美族人在這集聚開墾時，可能在下雨時以木板擋雨，或進餐時常拾木板以代餐桌，所以改稱掃叭 (Sapat，即木板之意)，或掃叭頂，那已經是民國十幾年間的事了。民國二十六年，日人則改稱此地舞鶴，這名字沿用至今。

　我沒去過日本，當然也沒去過日本的舞鶴 (MAITSURU)，也就不知道日本人是不是因為「掃叭台地」的自然景觀與舞鶴相似，而以故鄉之名取而代之——就像見到群山環繞雙溪谷地的美濃，因而想起飛驒山脈的美濃一樣，是一種以呼喚來治療鄉愁的方式。不過，我為了想像日

人賦名的緣由,查閱了一些日本舞鶴的資料,知道舞鶴是京都府北方的一個海港,由舊田邊城下町的「西舞鶴」,與舊軍港的「東舞鶴」兩個城市組成。知道了舞鶴的海拔也不高,最高點的五老岳也不過三百零二公尺,很接近掃叭低緩的河岸台地地形。知道了舞鶴命名的緣由是因為戰國時代武將細川幽齋、細川忠興父子所建的城堡,形似一隻舞動之鶴的緣故。那城堡因戰亂毀棄,但舞鶴之名則留了下來,面向著日本海,將飛舞之姿潛藏於文字的想像裡。

從1901年日本海軍進駐到二次大戰期間,東舞鶴成為日本重要的軍港,市內有許多據點,仍保存著日本海軍戰史的史料。那是我所能想像的,由彼舞鶴到此舞鶴的唯一鍊結——「戰爭」這件事,使得遙遠的「舞鶴」之名,取代了這個北回歸線通過的掃叭小村落。

但所有的地方都有過「未被命名」的時光,比方說「掃叭石柱」的時代。我轉到舊臺九線旁,去探探那被鹿野忠雄認為是排灣族祖先雕像的著名石柱。石柱大約高兩公尺,學者普遍認為和臺東卑南巨石文化有關連,是臺灣現在已知最高大的立石,是臺灣的 Salisbury。石柱頂部刻有槽溝,南邊那根在近底部處還刻有倒三角型的圖像。如果這些石柱和卑南文化同源,那麼可能在兩三千年前,這裡就有南島語系的先期移民居住。

我和麥哲倫站在這裡，這裡的景色餵養、安撫過無數的遷徙者。千萬年前火山島和古臺灣島交界的邊緣，秀姑巒溪百萬年切蝕的臺地，數千年前從遙遠南國渡海而來山海子民的遺址。這塊阿美族人稱為掃叭的平緩耕地，曾經喚起侵略者故鄉記憶的風景。這是舞鶴，賦名給了我們一幅文化地層的橫切圖，一分帶點傷感的歷史想像。

比較起來，今天的行程是三天來最輕鬆的，如果腿沒有傷的話，應該更能享受與麥哲倫對話的孤獨快意。午後一點多行經玉里，雨又開始下了，比早晨更綿密、更濕冷、更能夠澆熄意志熱情溫度的雨。經過四十幾分鐘的雨中騎乘，我突然獲得了困擾多時的長篇小說如何落筆的啟示，趕緊把它寫在筆記本裡。

這讓我發現，騎單車旅行是一種思考的旅行，踏踩的時候腦袋並不是空的，反而會反覆思考更多平時即著意的結困。我想起在一本由心理學家科恩 (David Cohen) 寫的書裡曾經讀到，像走路或騎車這種自主行為運作時，常包含了某種「前意識」(preconscious level) 的思維狀態。我們不用留心在每個腳步上，卻也能夠到達目的地，同時在過程中，思考仍會像毛髮一樣安靜地生長，而這種自主行為反而會使我們更集中精力在創造性的工作上。

我在地圖上標示了一下今天的落腳處，二十公里以外的池上。我發現在雨中騎車並不比豔陽騎車來得輕鬆，關節會被凍僵，而騎行時的熱力會在休息時迅速散失，感到一種血液也隨之變冷的寒意。但體力與筋肉又不允許長時間不斷重複單一的動作，於是身體處在暖與寒之間逐漸失去感受力。

　　疲勞使我的頭痛如此猛烈而無法拒絕，就像回憶。

　　到池上的時候是三點半，雨勢一點沒有減弱的氣息，昨天的春天今天馬上轉為嚴冬，氣溫是十五度。

　　所有的一切都被淋濕了。我在池上吃了一碗熱牛肉麵，問問老闆南橫的路況。老闆說很久沒上去了，但有些路段常會在下雨以後不通。路況不明。我找了一家旅舍把全身烘乾，仔細擦了相機與鏡頭的每一個部分。然後望著地圖，那條蔓衍一百多公里，像條年輕河流切穿中央山脈尾椎的南橫。

　　如果可能的話我想清晨出發，我想夜航，西飛。

山老了一點

03:30 離開池上，迷途，5:20 才進南橫，18:10 抵達梅山。沿 20 甲公路（南迴）途經霧鹿、利稻、摩天、栗園。向陽、啞口、天池，騎行時間（含休息）14 小時，騎行距離 114.3km

    凌晨出發時，我們都需要一幅星圖。星圖不是用來搜尋星象以辨認方位，而是避免寂寞。我很感謝托勒密 (Claudius Ptolemy) 以希臘神話揉塑出星座的雛型，使得那些幾萬光年前發出的遙遠光芒被賦名為「雙子」、「人馬」或是「天鵝」，從此以某種溫熱的姿態在闃黑之夜與我們的眼瞳同時閃動（雖然有時候覺得星與星間連線起來與賦名一點也不像）。一個人夜行時，能喚出幾個星座之名，比只能看著不知名漫天星斗前進的行旅者所存在的空間，勢必要暖上幾度。黑暗所隱喻的寂寞感，被各等星所組成的生命圖像燃燒成灰燼。

    不過托勒密那時代仍然保守地以為地球是宇宙的中心，這使我總是懷疑占星術的可靠性。一則可靠的預言，能建立在錯誤的前提上嗎？嗯，關於我們之間。

    我往西騎，夜航西飛。所以背後那枚以虛幻的亮度盯著我的大概是天狼星吧。那隻狼眼，以亮於太陽 20 倍的冷酷說，喂，你迷路了。即使是往西行，路也不只一條，何況路沒有路燈（只有在十字路口有微弱

發亮的警示燈)，我因此騎上了池上公墓旁的岔路。選擇夜行的時候我就已預知走錯路的可能性，但我想看看夜裡的南橫，想走在夜裡無法預知前方路況的南橫。走錯路後由於路上太過黑暗，於是決定不如坐著閉目養神，一直到五點左右，早起送報的婦人為我報路，總算回到往南橫的路上。

騎過初來橋，底下是新武呂溪，眼前是中央山脈的腳掌與脛骨。

黑暗的斜坡挑釁著，我為「麥哲倫」的前燈換上新電池，揉鬆剛醒的膝蓋。路途的一切並不是全由我決定的，我必須信賴「麥哲倫」、信賴膝蓋、小腿、肌腱。路途就是接觸、運動、位移、觀看、呼吸與思考，這些總和會凍凝成回憶，然後定居在我身體的某一部位的筋絡糾結裡。

我將力量與思考貫注到「麥哲倫」的銀黑色鏈條，它就帶動出某些沙啞的鳴聲從我的小腿肌傳回腦葉。斜坡使得踏踩的節奏維持在每分鐘八十幾轉，只比古老SP唱盤的七十八轉略快，以這樣的音樂，我從初來沿著新武呂溪騎進中央山脈。

你是否也早起，還是依然在緩慢呼吸的睡眠音樂裡吞吐夢境？

初來之後我在新武 (SinBun) 略為喘息，這是布農語裡「兩溪交會處」的意思。大崙溪和新武呂溪切開重重山脈的阻擋，在這個小村落匯

聚。我查看了一下地圖,這村落附近的山都有一個可愛的名字,比方說唉唉山、羽美山、去部山和拔六頭山。我猜想這在布農語裡必定又是另外一些與他們生活或自然地形相關的賦名,只是語言經過音譯,使得「名實」之間成為隱喻。

至於新武以後的橋名就十分「漢化」,比方說「彩霞」、「霧谷」與「松濤」。就像昨天的舞鶴,賦名屬於「文化寓言學」。由於這些隧道裡缺乏照明,除了呼吸到濕涼的空氣外,我可以隨著踏踩的節奏聽到自己逐漸加快的心跳與緊張,每穿過一個隧道,都有從夢境中清醒過來的真實感。

現在我和麥哲倫的右側是不超過二十公尺的溪谷,左側是山脈的變質岩肌肉。那是千萬年前的推擠所浮凸的脊椎,經過高熱高壓後所形成的。處處呈現節理斷層的片岩與大理岩壁,讓我有往地心騎去的錯覺。

七點左右騎過「下馬」(IVAUVU),這是布農語「碎石」的意思。下馬村一群正在上學的霧鹿國小的布農小朋友跟我打招呼,他們從車窗伸出黝黑的手。我在山徑間遇到要來接他們的校車,而後又在山徑被他們搭的校車追過,留下讓我心頭一暖的加油聲。七點半我來到霧鹿村(BULUBULU),據說原意是「軟泥土」(也有資料說這是形容水聲的意思)。這裡山脈的頁岩層鬆軟而易剝落,就像從老人家身上掉落的膚

屑。而因為岩層富含沉積礦物和金屬氧化物的原故,橫切面像一幅用不同比重油彩所渲染的彩墨畫。

我喜歡讀同時有原住民語與漢譯的路標,這一路上的地名,讓我在對照後淺層地理解了布農人看待自然的視野。賦名有時是認識世界的手段,有時是促進回憶的手段,有時則是促進遺忘的手段。我寧可相信原名漢譯並存的路標裡頭,有著為理解而對話的善意,不是把布農與自然景觀一併漢化的意圖。

霧鹿派出所的天龍吊橋過後,有條古道可以直達利稻。在南橫通車之前,利稻部落的布農人利用這條古道往來各部落間,而吊橋則是山谷與山谷間的連綴句。這條古道高度落差三百公尺,總長約三公里多,比繞路而行的南橫少了近八公里,但相對也成為一條考驗腳力的陡峭道路。

霧鹿讓我想起拉馬達仙仙。王家祥曾以他與拉荷阿雷的抗日事蹟作為題材,使得這位為了族群生存而抗日的老靈魂重生。我對拉馬達仙仙的經歷並不熟稔,但從閱讀小說與零星史料裡試圖想像在這樣山水中生存的子民,有著如何健壯的小腿與意志,以致不懼日軍的槍砲。

生命的意志是生命裡最不可解的元素,大樺斑蝶飛行的意志、黃足鷸遷徙的意志、香魚返鄉的意志、鹿野忠雄穿越中央山脈的意志、拉馬

達仙仙對抗霧鹿大砲的意志。雖然叔本華認為「我們的意志愈寧靜，我們的痛苦就愈少」，而主張讓意志「煙消雲散」，但非常弔詭的是，這些貫徹意志者，卻正是把自我消除，而為了某種叔本華的「永恆」而在運作著的生命。

又或者，意圖消散意志就正是在凝聚某種意志？

不論如何，現在我和麥哲倫全憑意志維持上升，以一分鐘約十公尺的速度，通過像被上帝刻意隱藏在山中的利稻部落，直到海拔1546公尺的摩天。將到摩天時我一度以為接下來將是下坡，因為抬頭幾乎可以看到山脊了。不過山脊的背後，仍有山脊，這是一連串山脈，而不是獨立山。在一處叫做摩天農場的地方我吃了半盤炒飯，然後將未吃完的一半用塑膠袋裹成飯糰，把水壺裝滿水。老闆娘問我今天打算住在哪裡？我說打算穿過南橫到寶來。老闆娘像是聽到笑話一樣笑了笑，然後問真的嗎？

我並不是看不起山，只是無知。

經過海拔1796公尺的栗園不久，霧像感傷無聲無息地漫衍，由薄漸濃。在霧中騎車就像讀一首語意模稜的情詩，你總難以確切分辨明晰的方向。以不到十公里時速在霧中騎乘超過一小時，身體與心情都潮濕

了。

　　幾個大迴轉後,陽光告知我脫離了山陰面,我和麥哲倫通過標高2312公尺的「向陽」,毫不保留的藍色天空彷彿燒融出來的瓷釉,反射著光亮但不甚炙熱的陽光。

　　透過樹往前方望去,路像甩出去的鞭子纏繞著山,車輛從高過雲的鞭梢駛來。堅硬的山勢與柔軟的雲,山陰處冷濕的綠苔與山陽處筆直的紅檜與鐵杉,平均五度的斜路上,我牽著麥哲倫前進,如帆毀之船。午後兩點的陽光並不強烈也不軟弱,只是寧靜。喘息也寧靜。沒有旅伴排遣的我,意志漸漸低落沉默。語言是熟透的果實,被樹擲下山谷。

　　午後兩點多,我站在海拔近一千八百公尺的山的邊緣看著甫凝聚的雲海。雲以夢的形式存在,以海的形式存在,以讓你泫然欲泣的形式存在,雲被夜所掩藏,但在那裡散聚、翻飄、以絕不可能重複的姿態流動。

　　雖然我自以為站在某個高點,但事實上,雲海是以形成高度最低的「低雲」所構成的。太陽在晨十時至午時間照射整個山谷,山頂和谷底日照的溫度產生極大的溫差。當地表的水汽被陽光蒸散,隨氣流攀爬上山,直到一千六、七百公尺左右的高度復因溫度降低,重又冷凝成雲。雲是水的飛行狀態,形成雲霧的水滴未達降雨的程度,又受到上方

氣流的推擠,無法再繼續飄升,被上下兩個作用力交夾而凝止的雲團漸次堆疊聚集在山谷,匯聚成海。

能騎到「低雲」的上方,心裡真有某種快慰的虛榮感,喚回了一點殘餘的自尊和意志。我回頭看了立在大關山隧道旁的氣溫計,攝氏二點六度。一旁竟停了一輛由發財車改裝的餐車,我跟小販買了一根香腸和一碗金針湯,結果花了一百三十元。輪廓明顯有著山的線條與原住民口音的中年婦人用保麗龍碗舀了湯給我,眼睛盯著一旁各種工程車正在整修隧道口的道路。另一個年輕原住民則靠在車的一旁跟著播放台語歌的 VCD 哼唱著,我有點訝異這輛高山攤販車竟然還配備了行動 VCD。

站在埡口這個所謂的「高點」回望,我有點不相信自己騎過來了。大關山隧道是一個看不穿的黑洞,時間也是,誰知道穿過去之後會看到怎樣的風光?

從向陽到埡口的這段路,我騎在惡夢與美夢的朦朧交界,無意識與意識的國界邊緣,回憶與失憶的水平線間。在低溫裡騎行,許多細微的事物卻如汗水一樣濕潤而溫熱,它們從身體裡鑽出(或流失)並轉而為冰涼,然後被遺留在路上或者蒸發。我的靈魂是否也從此輕了一點點?

嗯,你記得《煙》這部電影嗎?裡頭有句著名的台詞是:「要如何測

出煙的重量？」換句話來問就是，煙可以被測出重量嗎？

　　吻和氣味、眼神和言語、煙與靈魂。汗流得太快，我需要你為我補充水分。

　　去年我曾和儀哥、Larry 與大雄曾以士林為圓心，繞騎過北海岸一周。緣海滑行與攀騎山脈截然不同，自行車永遠沒辦法真正「騎進」海，海只是以她的呼吸與氣味陪伴你，以洋流和風的韻律，鼓噪著鹹苦滋味的浪的節奏，一拍一退地提醒你踏踩的速率。山則讓你「進入」，但他輕視你，摧折同時磨修你的靈魂，留下痠痛的膝蓋與缺氧的肺泡，不過山也賜給你視野——大冠鷲的、山羌的、蝴蝶的，祖先的。但你永遠不能說懂山，這是一句太誇大的話。即使是自稱「經常上山」的人，停留在山裡的時間也遠比一隻巨嘴鴉來得短，甚至，比一叢夏日盛開的黃菀來得短。

　　至於以「征服」為名的旅行其實是可笑的妄語，曾經縱貫冰島八千公里的探險家植村直己沒有說過，越過內華達山，聽到「優勝美地溪死亡歌聲」的謬爾也沒有說過。謬爾只在看著溪流躍下廣闊懸崖的姿態時說，「粉身碎骨也值得了」。

　　山只讓你沒有遺憾長了眼、長了腿、長了勇氣。山不是被掌握、征服，或去懂的，山是被進入的。入山，見雨，行走，疲困，然後將自己

的一部分留在山裡，成為山。

　　我也從來不敢說了解你。或者說，我從也沒有嘗試想完全地了解你。你應該留存我無法進入的幽微曲徑，以聖地為名的湖泊，與未知的種子。不過你有一部分留在我這裡，成為我，這是無法再逆回的事。

　　下山時，我被大關山隧道的黑暗與一隻突然從路旁飛出的巨嘴鴉驚嚇而摔了兩次車。

　　我還記得下山時看了一下時間，下午四點半。我騎進六百一十五公尺長的大關山隧道，騎進因長時間滲流與垂滴著冰涼水流的山的孔穴，沒有光，地上滿布積著水的黑洞，聽得見自己與麥哲倫步伐的緊張。在隧道口我一時閃神而摔了車，左膝又重重地撞擊了一下，而水滲進防風衣裡。出了隧道口外的山稜線上據說有日據時代高雄州與臺東廳的界碑，我已無體力與興致去一探究竟。

　　騎在麥哲倫上的我清楚地知道山是沒有界線的，甚至沒有水平線這種概念，山只會向上，或者向下。前半段收取體力的坡度現在則把力量與時間還給我，山從來不曾讓我們白費氣力。滑下的時速經常超過四十公里，甚至接近五十公里，我是灰鶺鴒，我是滾石，我是埃奧勒斯（Aeolus）。現在我不必操作自己的身體，而是讓身體相信「麥哲倫」能

帶我到想到的地方。正當我幻想在天黑前或許可以到達復興，甚至寶來的時候，路旁突然閃現一個貓大小的黑影，像一首安魂曲靜肅地往山崖飛去。在麥哲倫失控的瞬間，我以為自己聽到他翅膀鼓動風的聲音，並意識清楚地浮起「巨嘴鴉」的名字，就像有時走在山上遇見比歎息聲還短的蝶的身影，總是會反射性地像唸著某種咒語般唸出她們的名字一樣。之後我在地上滑滾了幾公尺，麥哲倫身上的睡袋滾落一旁，行李架略略被壓彎。

在臺灣中海拔山區遇見巨嘴鴉是常態，他們時常盤桓在山脈的向陽面，不遠離村落或有人居住的山區旅店，有時依靠旅客帶來的廢棄食物維持僅存的野性尊嚴。他們一面採直線或圓弧飛行，一面在天空發出被阿波羅從白鴿懲罰變成烏鴉後無奈的啊啊歎息。根據許多生物學家研究顯示，鴉科鳥類是鳥類中智力極高的一群，華盛頓大學專門研究烏鴉的 James Ha 就認為，烏鴉在某部分具有「認知能力」。這說法使我想起勞倫茲 (Konrad Lorenz) 在他的書裡提到過的穴烏。

勞倫茲說鴉屬鳥類能對獵人和「無害的」人分辨得極清楚，「一個人如果拿著一隻死烏鴉被牠們撞見了一兩次，以後就是不帶槍，牠們也不會把他的模樣輕易忘記」。他認為這不是本能，而是一種「真正的傳統」。勞倫茲為了替初生的穴烏戴上錫環，而不致被穴烏們記住日後

群起攻之,甚至特地穿上萬聖節的鬼裝爬上煙囪。我絕對相信勞倫茲沒有誇張,去年我就曾看過一則新聞,新加坡政府為了減少日益增多的烏鴉,派出狙擊手射殺。但這項任務困難重重,原因是烏鴉們似乎會記住狙擊手的車款(或是車號),並以一種奇妙的默契傳遞出去,於是所有的烏鴉都會特別注意那個想要削弱他們族群數量的傢伙。這讓我相信伊索讓烏鴉撿石頭扔到瓶子裡升高水位,或許不全然是「寓言」。

　　我不知道在天池附近的這隻巨嘴鴉是否從此記得我,那個戴著墨綠色安全帽,騎著黑黃色的單車,笨拙地摔跌在昏暗山徑上的傢伙?

　　摔車後有幾分鐘我屈著腿躺在地上感受著身體的疼痛。眼前的路通向荒原,路面比空氣稍暖一點點,小石頭刺痛著臉頰,微塵與霧氣裡有草的味道。不知道為什麼,痛感來臨的同時我想起了你,你像一條磨損的韌帶連在我身上,沒有它我看不到更遠的地方。

　　起身後我盡量以胡思亂想來對抗疼痛,因為不能在這裡停留太久,沒有移動距離是不會縮短的。還好剩下的路我只需要滑行,如乘氣流遷徙的青斑蝶。

　　帶著只能伸直的右腿和只能彎曲的左腿,我在麥哲倫上以僵硬的姿勢,每滑行三十分鐘我給煞車皮和輪圈五分鐘冷卻,以避免煞車失去作

用，或輪胎卡了太多細砂而過分濕滑。在一個多小時的滑行裡，麥哲倫前進了三十六點二二公里，最高時速五十點五公里。

六點五分，我在梅山。

將麥哲倫停在梅山活動中心前，我竟然要用手把僵直的膝蓋移下踏板。想起昨天讀到白芮兒・瑪克罕第一次飛「舞毒蛾機」(DH. Gipsy Moth) 時的心情，她說自己「開始學習流浪，學習每個作夢小孩必須知道的事情：沒有一個地平線遙遠得讓你無法飛升、跨越」。

和啞口回望時那種孩子般的興奮與脆弱的自傲不同，此時我回過頭去，今天的一百公里山路已成為「夜」了。山像缺了某種色彩的色匣所列印出來似的，空間消隱在時間之流裡。我望著隱晦的山的線條，發覺山確實老了那麼一點。

當然，我也是。

向西，向陽光沉落的方向

08:10 離開梅山，20:12 到臺南市，沿途經復興、桃源、寶來、荖濃、甲仙，騎行時間（含中途休息）12 小時又 2 分鐘，騎行距離 114km

離開梅山近一個小時才發現自己遺忘了什麼。我拍好的兩卷底片，

因為昨天將所有行李拿出來晾乾,似乎忘在某處。遺忘似乎是我的本能,有些記憶似乎就像停憩在腦裡某處的小鳥,突然而來的一個動作,它們就會被驚飛到你一輩子也別想找到的地方。坦白說,昨天出發時,我也忘了一件排汗衫在旅舍,但由於是上了南橫才發現,我就沒有再折返。

　　但底片不同,沒帶回底片就像某部分的記憶永遠地被遺忘,沒有相片甚至會被懷疑陳述的真實性,懷疑我們的人生是否真的存有那段時光。左拉不是就說,「你只有在拍攝過,才能證明你真的看到某物」嗎？

　　這些年來相機是我旅行必然的隨身物,也是我觀察記錄的主要道具,有時候想想,或許我們的人生是靠語言、筆跡、相片才得以成立,它們讓我們的人生不致被認為是杜撰的,而這些遺物就是人生骸骨的全部。記得桑塔格曾經說,「攝影是一種追魂的藝術,一種薄暮時分的藝術。」我們總在見到相片時,知道那段時間已經不再復返,觀賞相片或許就是一種視覺的拾骨動作。

　　何況我還想跟你分享我的眼睛,我也不想我的人生裡遺失這一段人生,我必須回頭,但身體又不想再經歷重複的疲憊,於是我做了一件你可能不會相信我會做的事——伸手攔阻過路的車。

　　在這樣的山間,願意讓陌生人搭便車的,不是極度善良,就是極度

單純。九點十分,一個年輕人將他的機車停下,聽了我五分鐘的解釋,我帶他看麥哲倫以及昨夜梅山的住宿發票,然後他決定讓我上車。我將麥哲倫藏在路旁護欄的草叢間,坐上他的機車。

還在讀大學的張說他在騎機車旅行,他對我的單車旅行感到羨慕,我跟他說騎機車應該兩個小時就可以到他的目的地天池。我的底片被清掃人員放在梅山活動中心的櫃臺,我無法跟你重述當時我的興奮之情,簡直就像找到失散的自己一樣。現在我要面臨的事是找到另一個相信我的人,然後載我下山。

我幸運地招到「阿梅」的車,一位三十多歲的婦人,她的工作是載著各種飲料與日常用品,補充散布在公路沿線小聚落雜貨鋪的貨源。她說可以載我到藏麥哲倫的一〇一公里處,不過路上她還必須到幾家雜貨鋪收賬。阿梅在山路間開車似乎從來不踩煞車,她嚼著布農婦人給她的檳榔,隨時搖下車窗和一些人家打招呼。許多婦人坐在自家門口,編織著什麼,或三三兩兩聊天。我突然感到自己並不像阿梅和此地人這般理解生活,這些從百年前陸續沿著荖濃溪遷移至此的布農人生活裡必然有許多我所不知道的物事,是我這個以騎昂貴單車為傲的人所不能瞭解的物事。

阿梅放我下車時說她就住在寶來,開了某間兼做中盤的雜貨鋪「希

行書 257

望你一路順風啊,下午能到我們寶來來坐坐」。我記得她發動引擎離開前是這樣說。

　　經過兩個多小時的轉折,終於離開了這個布農人稱為「馬斯娃霍爾」(Masuwahoru,意為盛產黃藤之地)的聚落,沿著荖濃溪,朝西方的熱帶林地騎去。

　　由於我的速度保持一定,身上的傷光靠休息並不會減輕,而且還要多忍受一次上下車的痛苦,因此當日據時代留下來古雅的復興派出所在我眼角掠過時,我已沒有意志再停下車走上台階,取出相機了。但是所有從我眼角逝去的物事,並不會因為我沒有拍照而灰飛煙滅,它們仍然同時存在那裡與我的記憶拘留所裡,像變質岩裡的石英脈閃著亮光。

　　公路隨著荖濃斷層修築,溪谷的東側是老板岩地層,西側則是較年輕的沉積岩層,成群的洋燕像夢遊般迅速交錯,在混沌的光影裡穿梭。我的岩石地層知識貧乏,並無法辨認出岩層細膩的差別,只能就行前讀到的資料去比對。到了高中檢查哨處附近,我好奇地下了車探望著名的「枕狀岩流」地質。據書上說這是一種玄武岩層,是因深海火山爆發,遇水急速冷時凝成最小體積的球形,再經過千萬年以上的推擠,形成今天的「枕狀」岩。

與兩旁頁岩相比顯得光滑的紋理，陳述著地母的熾熱與冰冷，那線條有時看來柔軟有時看來堅硬，觸摸時似乎會讓人感到那裡頭有一種讓人羞愧的力量。我居住了三十年的臺北大樓，究竟有哪一點可以稱得上雄偉或者細膩呢？我們的成就，足以替換自然界億萬年來演化的成就，而成為孩子們唯一的教材麼？

　　即使是無生命物，也是整個生態圈演化的重要因子，岩石、水流，各種風化、切蝕、沖積的作用力，讓地球上的每一處生境都宛如活物，共同維持了大氣、水與各種獨特環境的微妙平衡。荖濃溪谷的獨一無二，正是因為整個生境是生物與無生物共同營構出來的生態圈。

　　我一直覺得洛夫洛克把地球視為一個生物體不但是一種生態學上的前衛思想，也是一句近乎完美的譬喻。活得愈久，我漸漸發現這個四處奔走、思考的軀體，有極多像海溝一樣深邃的存在。不過我以為這個譬喻還是有個小小誤差，那就是命名為「蓋婭」(Gaia) 這個希臘神話中的土地女神，太偏向女性意象了。我常常在書寫自然，或者說書寫蝴蝶時忍不住以「她」來代稱，但隨即又想起明明是「他」。(許多蝶可以一眼看出雌雄) 自然應該是無性別的，生育與寬容不應僅從女性意象裡生發。

　　事實上，真實的人，你認識的我或我認識的妳，或許並不存在著像

行書　259

生理器官那般截然劃分的性別。榮格不是說過,集體潛意識裡,女性性格中存在著男性意象,而男性性格中存在著女性意象。

我的身體裡藏著一個「阿妮瑪」(anima),而妳的身體裡藏著一個「阿尼謬斯」(animus)。

桃源之後,我進入典型的低海拔熱帶林。路在溪澗與山腰間起落,彷彿灰鶺鴒的波浪式飛行。我被陽光鍛造、風勢搥打。路旁最常見的野花不是咸豐草,而是紫花藿香薊,或許,這是冬季蝴蝶谷吸引紫蝶的緣由之一吧,出發北返的紫蝶們至少可以在這裡補充體力。

今天的氣候又回到前天高溫燠熱,路面離河床有些遠,有時則又面臨急坡上升,始終沒遇上山泉能泡泡腫脹的腳。偶爾路邊會飄出一隻琉球青斑蝶,臺灣琉璃小灰蝶則在發燙的砂地上吸水。沮喪則化為汗水不斷冒出來,到最後連沮喪也沒有了,我牽著麥哲倫,心裡想,體力差的候鳥是否在路途中也會有絕望感呢?

我的午餐在寶來解決,半個早晨留下的三明治與一碗涼麵。膝上的傷勢使我決心放棄已都市化的西部路線,決定直接從臺南搭車北上。為了在天黑前到臺南,我不敢多作停留。但對自己的體力仍是高估了,到以熱帶蝶種豐富著名的甲仙時,我一度想停下車過一晚。不過,望著陽

光沉落的方向,我還是騎上車去。

　　和麥哲倫穿到向陽面時,感到整個森林都在燃燒著,地面發出令人目盲的反光,刺痛了眼睛。我們滑行,然後互相攙扶上坡,再滑行,又復攙扶彼此上坡,從甲仙往南化,向西而行。寧靜的谷地,眼皮上的塵土,偶爾從路邊飄出雪白的紋白蝶,四處飄散的菊科植物瘦果,磨損的輪胎,受傷的韌帶,小鎮坐在門口午睡的老人,像火燄一樣的黃峽蝶,刻意賣弄飛行技巧的大卷尾,空無一人的三山國王廟,下坡時猛然加速的麥哲倫,轉彎後就消失在視線外的南化水庫,永遠潮濕的我的汗腺,以及陽光似乎永遠不會熄滅的感覺。

　　陽光還是在我到達臺南前沉落,路面由白變藍,漸漸成為沉重的黑色。前燈打開,後燈閃著紅色的警戒色。從臺南、南化到六龜,這段著名的小絲路,甘為霖牧師(Rev. William Campbell)、必麒麟(W. Pickering)、拉圖許(La Touche)、霍斯特(A. P. Holst)都走過,只不過我是逆向而行。

　　到臺南市區時已近八點,一位好心的中年人幫我把麥哲倫抬下地下道(因為我的膝關節已無法彎曲)。重又回到都市,我是一隻遍體鱗傷的撲光夜蛾。我到民營客運站詢問是否能讓麥哲倫和我一起上車,車長說OK,因為這班車只有三個人搭,我可以直接擺在下層的座位走道

上。他問我從哪裡騎來，我說從臺北騎北宜，蘇花公路、花東縱谷，然後在池上穿過南橫到這裡。司機相當驚訝，他說如果我跟他一樣一天要開四趟車，就不會有體力幹這樣的傻事。

儘管覺得再也不想忍受這種身心俱疲的苦境，但在將麥哲倫抬上遊覽車底部的時候，我又開始想像另一次旅程的情景。

所謂行走已成一種幻夢、一種誘惑、一種癮，所謂行書是一種生命的韻律，停下即死亡。我對麥哲倫說，暫時休息一下。

是為行書

我非常清楚地知道，對於許多善於行走的登山人、博物學家、自然觀察者來說，六百公里不過像打盹，但對我這個都市子民來說則不然。這是一次嘲弄自己浮誇性格，削減自大體積，認清衰弱體能，蔑視意志，重審知識、都市、學院經驗的行旅。自然有一種冰冷的穿透力，她讓每個投身其中的人更了解自己——感到自己卑微，卻不卑賤。

回家後整個星期我的骨盆和大小腿都疼痛著，不過疼痛在按摩與藥品的控制下漸漸消失。但左手的大姆指骨的疼痛卻轉成一種帶著酸味的實感，擺脫不掉，復元不了。我想起右手食指曾因為大學時反覆站在游擊區接球，卻時常抓不準球進手套的時機而被一次又一次痛擊，注

定永遠彎曲。肌腱已經縮起來了,跌打師傅說,要每天揉,把它揉開。我有點擔心,左手大拇指會不會也成為另一個無法揉開的糾結筋絡?

　寫〈行書〉時我反反覆覆翻閱著旅行筆記——散布著每處停留的高度、時程、速率、地名、距離,與潦草想像。我想我必須趁早書寫,攤開紙,趁還有痠痛感的時候。

　我的行書,以大拇指的痠痛形式存在。旅程裡的每一段路途,有的被記在筆記本裡,有的夾藏在腦葉的某處,更多像喝過的飲料鋁罐,被遺棄、壓縮,等待消融。山會忘記我與「麥哲倫」,山要記憶的事太多了,它不會意圖阻擋改變。曾經被「麥哲倫」的胎紋濺到一旁的石礫就被濺到一旁了,被帶回來的泥土就不再是山的一部分,山只會改變,不會記住,更不會回憶。

　回憶只會在我腦細胞裡繁殖,時光閃過語言區,透過神經指揮肌肉化為文字,然後有一天細胞死亡。遺忘。書寫是記憶的骨灰甕,時間的墓碑。你閱讀,我知道你在閱讀(你在閱讀嗎?),閱讀不含熱量,不會長贅肉,閱讀只會蒸發水分,改變情緒的河道,或讓靈魂飛行(就像煙一樣)。然後我們行走,並且成長(或者說衰老了)。

　我為衰老而寫,你為衰老而讀。是為行書。

附卷・後記及其它

大紫蛺蝶 白裙黃斑蛺蝶 白帶蔭蝶 波紋小灰蝶

做為一個業餘觀察者，我始終在尋找一種不擾蝶就能識蝶的觀察方式。這個歷程也許較久，但有著溫度。蝶道是蝶在空中的氣味道路，是理解蝶的角度，是關於蝶的言說，是蝶之道。而我在這條流動的道路上。藉著《蝶道》，我嘗試建立一個心底的野性保留區，在那裡，有我與自然尚在磨合的相處之道。

後記

衰弱的逼視―關於《蝶道》與其它

《迷蝶誌》之後,我一直還是走在蝶道上。

「蝶道」在生物學上,指的是蝶循著氣味或氣流,飛行經過的路徑。像許多昆蟲,蝶會釋放費洛蒙,形構一條氣味之路。那路徑可能並不穩定,也可以稱為一種「流動的道路」。蝶在這條空中之路覓食、求偶、探看世界、煽動氣流;那是一條感官之路,視覺之路、聽覺之路、嗅覺之路、味覺之路,生死之路、避敵與交歡之路。

雖然人欲以其它生物的思維角度來思維殆無可能(如果其它生物有思維能力的話),但在書寫的過程中,我時常試圖做某種「在路上」的想像。就如迪勒(Annie Dillard)女士說的:「我撤退,但不是往我心裡撤退,而是往外撤退,好讓自己變成一種感覺組織。我是水面,風在其上吹拂;我是花瓣,是羽毛,是石頭。」

我是蝶,在這條流動之路上。

「蝶道」,也是關於蝶的種種說法,或說是我對蝶的種種說法。

從接觸自然以來,蝶帶給我不斷延伸的知識空間。環繞著以蝶議題的圓心,從植物到其它昆蟲,從神話到開發史,從文學到自然科學,從

繪畫到心理學。造物主在他們的翅上留下謎語，我則重新咀嚼解謎者的提示，編織我的說法。

有時我踏入文字森林，感覺好像踏入某種故事的疆界，那裡充滿了任何可能與不可能的物事，那裡真是「眾生」、是一個真實得讓你覺得有點虛構化的圓成宇宙。我看著各種生物的行為織錦想像，構造劇情，好像又回到童年時對著空氣自顧自地講起故事，思緒飛行的時光。

對於陳述，我不想只以軟調抒情的方式。那些華麗辭藻所產生的誘惑力，或許吸引的只是一批野趣生活的喜好者，他們利用假日讚歎自然、歌詠原野，回到現實生活中，繼續使用保麗龍餐具，贊成把核廢料運到空曠的貧窮國家去。我也不想以硬調工具書的表現方式，因為我所知淺薄，而這些事已有許多專家投入。況且，作為一個書寫者，我總不希望自己的文字間，缺乏給予想像力存活的蛹室。

關於倫理上的認知，我不是人類中心主義者（Anthropocentrism）、不是一個反人類中心主義者（Anti-anthropocentrism），不是一個人道主義，也不是一個生命中心主義者（Biocentism）。

我不是一個隱逸者。我上 7-11、逛夜市、使用水廠消毒過的自來水、還拍照。在這方面來說，我是已經特化的都市人。我以為，在人口尚未自主地縮減前，過多的人選擇隱逸，除掉自生自長的「雜草」種自己食用的「野菜」，或遁往更深的山林，對自然生態可能反而是一種壓力。我可也不是一個科學、經濟的樂觀主義者，所以對人類覺醒速度與環境崩潰速度的追逐，有時感到緊張與悲觀。

我不全然信任信念，所以我意圖寫出自己不斷與自然、其它朋友的撞擊中，所回應、所感受、所思維的生存方式。緣於這個動態過程，我必須問自己與自然接觸，以文學表現自然的意義是什麼？我想要回答，所以我選擇書寫。

　　而正如艾克曼（Diane Ackerman）所說的：「在尋求解決之道的同時，深知自己亦是問題的一部分。」

　　「蝶道」，是關於蝶之「道」。

　　或許有人會把自然寫作視為一種書寫的新「題材」，而將自己的自然經驗化文字，「販賣」出去。但對我來說，書寫才是觀察的終結。因此，這些文章常常陷溺在某種「獨語」的情境，我並沒有要宣揚什麼，那文字裡頭的種種，都是一種自我詰難、說服、或叨叨絮絮的知識與記憶的溫習。

　　我時時提醒自己，並非是為了書寫才去觀察蝴蝶，而是觀察蝴蝶才引發書寫。我不希望這些在自然裡提醒我許多事的朋友，被我以某種新鮮的題材販賣出去。（不過，或許在實質上已經是了，唉。）

　　另一方面，我深信只有美才能詮釋美，這是自然寫作與其它科普書寫不同的微妙基因。人類必須以某種不可言說的天賦，去回應其它生命的奔走與生死，以避免自己只生存在一個充滿各式各樣精密機械的

人造世界。那變化多端的、難以預測的、以另一個謎來解答一個謎的生命，或許藏匿有某些我可以理解自己生存的理由。因而，藉由書寫的途徑，我想質詢自己：

你體內的暖爐，還真的燒著嗎？

或許有人主張，在自然界行走是為了尋回我們原始的敏感能力。但事實上，我倒以為是磨練我們不斷懷疑、思考的能力。

自然萬物面對危險或新事物時，總不假遲疑地判斷其是否具有威脅性，他們不必評論或思考，而要仰賴直覺活命。人類當然也具有這部分的天賦，這就是一般認為在自然界所需要尋回的物事。但「懷疑」是那形而上的「道」被走出來的推土機。懷疑、評估與思考，不僅用於自然科學上，也適用於環境倫理、甚至美學上。那不單是以直覺、感性築成，還以理性與知性填實。因此，所謂自然的美存在著兩種層次的感覺義，一個是直覺性的，一個是理解性的。正如李奧波所思考的，沼澤或許充滿蚊蚋、濕氣、汗水，但具有一種「生態之美」，這種美感不得不以反芻的模式呈現，而不僅是相遇剎那的美感火花。

理解其它生命的眼光與美感，新倫理才有建立的可能性。所以在書寫《蝶道》的過程裡，我心裡有一個小小的僭越，我以為自然美學並不是架築在自然學的最上層，而應是最底層。改變以人為中心的美學觀，

才可能改變以人為中心的環境倫理觀。

　　至今的寫作中,《蝶道》可能是自我完成度最高的一本。從文章的書寫,我刻意拒絕了一些邀稿的機會,以避免在字數與思維上落入「為發表而書寫」的窘境。我希望每一篇文章盡量自由,能有自身的「內具價值」。至於相機已經是我外出時的基本配備,它雖然讓我肌肉痠痛,也讓我記憶更形完整。遺憾的是這本書裡所使用的幻燈片,未必都是文章所提及的現場所拍攝的,但這也是擇選美感與適切影像所不得不然的割捨。更遺憾的是拍照與某些環境生態在實質上與概念上皆存在著扞格,而我也尚不能在其間取得某種諧調。至於手繪則讓我更細部地觀察摸觸了這些生命的微妙肌理,面對著標本或幻燈片,為了要讓所繪的對象能有「活存過」的感覺,我不得不注意每一個線條與色澤變化。附於書後的相似蝶種比較圖,則是為了實踐我在《迷蝶誌》中提到,非研究者或許應選擇放下捕蟲網,來進行一種「距離外的辨識」,因此提供讀者我個人(或從他人經驗裡吸收)在判斷時的一些方法。

　　就像認識我們的朋友一樣,每個觀察者或許都可以發現對象的一些特癥,這個歷程或許不那迅速,卻有著溫度。

　　《蝶道》寫到尾聲的時候,我在陽明山新安路附近租了一個三坪大的小房間,一面整理當時紛雜的感情思緒,一面有機會就步行、騎單

車或開車到山上各處,讓自己的筋肉與思考處在一種與自然較貼近的狀態。正當彼時,美伊開戰。美國使用大量「貧鈾彈」,那既會穿透敵人的裝甲,留下的輻射物也會穿透肉軀、土地以及時間。生命正在承受著他們所不能理解的,從地球裡被精心提煉出來的各種毒物與武器的傷害,而多數人無能為力。另一方面,SARS在各地造成恐慌,人們體驗到了許多生物都體驗過的,被不知名怪病隨時威脅生命的緊張感。黑死病、天花、霍亂都曾這樣籠罩過不同世代的人。不同的是其它生物不曉得許多怪病是源自人類發明來殺戮的化學藥劑,而人類則在面臨著不斷變種與藥物抗衡的病毒。

在這同時,我也在寫一部多年延宕的長篇小說,部分關涉到二次大戰間一批臺灣少年到日本參與戰機製造的事。許多關於戰爭的史料、蝶的幻燈片與各種圖鑑、我的「麥哲倫」,擠在這個三坪大的房間裡。窗外早晨有絲繡眼群、樹鵲家族、白耳畫眉、紫嘯鶇經過,偶爾可以看到臺灣藍鵲。彼時三月,粗毛小米菊遍地,蛇莓開著黃色的花,青斑蝶正陸續歸來。六月我回到城市,七月初排版約略完成,我們的政府宣布,蘇花高速公路非建不可。

感情、戰事、病毒、訊息、眼中所見紛紛萬物,每天交錯地閃過感官與意識;而記錄紙上的每一條路徑,都會在某些時刻,與眼前之景或回憶疊合,令我張惶、震動,過於感性。我想逼視,可是衰弱。

在這樣的時空裡，我的筆在挖掘一口通往心底礦場的小井，藉著《蝶道》，我嘗試建立一個屬於自己的「野性保留區」。從「六識」寫到「行書」，我的蝶道，在那裡，有我與自然尚在磨合的相處之道。

　　也許，微不足道。

2003 年 6 月，陽明山

附記一：
《迷蝶誌》（2000，臺北，麥田出版社）錯誤更正。
一、經向鴻全先生提醒，〈國姓爺〉裡我將「國姓鄉」誤寫為「國姓村」，當時憑記憶書寫，竟造成這麼離譜的謬誤，在此向讀者道歉。
二、《迷蝶誌》中〈迷蝶〉一文提及的圓翅紫斑蝶，可能是斯氏紫斑蝶的誤認。

附記二：
《蝶道》裡部分文章曾經發表過，但都和收錄在《蝶道》裡有些不同。主要的原因有二，一是我自己有修改文章直到成書定稿的習慣，二是發表媒體常有字數限制。因此必須以「濃縮版」的方式發表。比方說情況較複雜的〈恍如目睹自己的誕生〉一文的原型有三處：一是載於《臺灣新文學》的〈生日禮物〉，二是〈文訊〉雜誌的《選擇》，三是收錄在《經典雜誌》「我們姓臺灣」的特有種專輯裡〈從太古飛來〉的一小段。當時把這些分散開來寫，主要是限於篇幅及邀稿單位的要求。在整理《蝶道》時，本想把這些零散的篇章都放棄，但因這次的經驗對我來說有某種隱性的意義，於是便嘗試把它們寫成一篇較完整的作品。

附記三：
文中旁注的蝶類資料，食草與學名部分根據李俊延、王效岳教授的《臺灣蝴蝶圖鑑》（遠流）。中文名則以濱野榮次《臺灣蝶類生態大圖鑑》（牛頓）及張永仁《臺灣賞蝶圖鑑》（晨星）為主要參考書。

三十種蝶手繪比較圖

大紫蛺蝶 白裙黃斑蛺蝶 白帶蔭蝶 波紋小灰蝶

手繪讓我更細部地觀察摸觸了這些生命的微妙肌理，面對標本或幻燈片，為了讓所繪的對象有「活存過」的感覺，我不得不注意每個線條與色澤的變化。

附在這裡的比較圖，是為了實踐一種不捕蝶而能識蝶的「距離外辨識」，就像每個人記得朋友的特徵一樣。這個歷程或許不那麼迅速，卻有著溫度。

比較圖一 X0.7

青帶鳳蝶
1、前後翅有一道青斑。

青斑鳳蝶
1、前翅青斑有兩道。
2、前翅中室有四個青斑。

寬青帶鳳蝶
1、前後翅青斑非常寬大。
2、後翅有明顯長尾突。

青帶鳳蝶 ♂
Graphium sarpedon connectens Frubstorfer

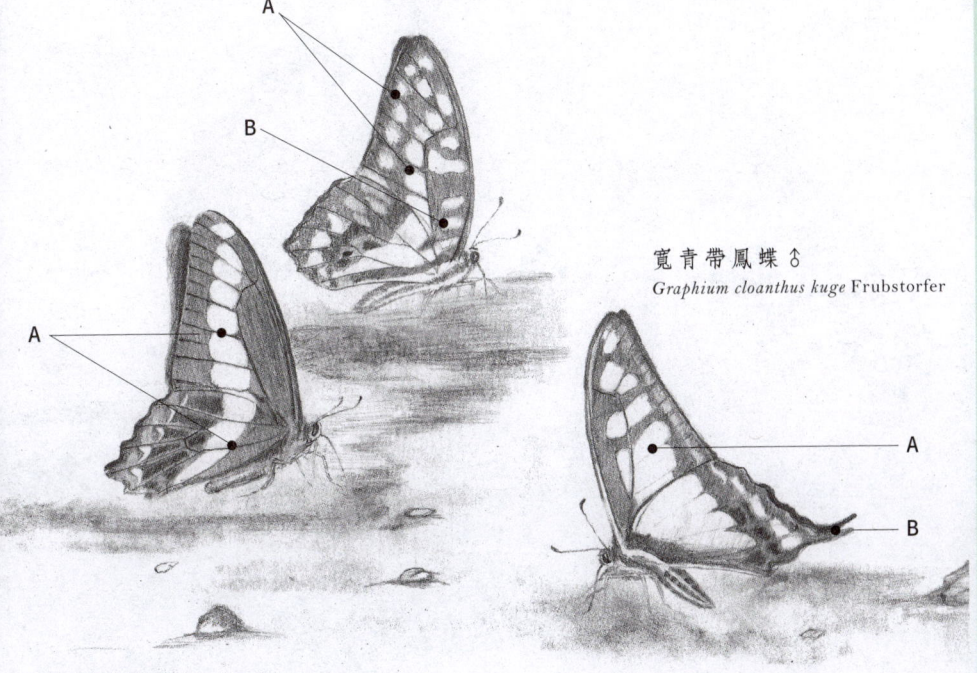

寬青帶鳳蝶 ♂
Graphium cloanthus kuge Frubstorfer

青斑鳳蝶 ♂
Graphium doson postianus Fruhstorfer

比較圖二 X0.7

青斑蝶
A、體型較大，後翅顏色較淡。
B、後翅中室中央有一條分叉的褐斑。

小青斑蝶
A、體型較小，後翅顏色較深。
B、後翅中室無細斑。

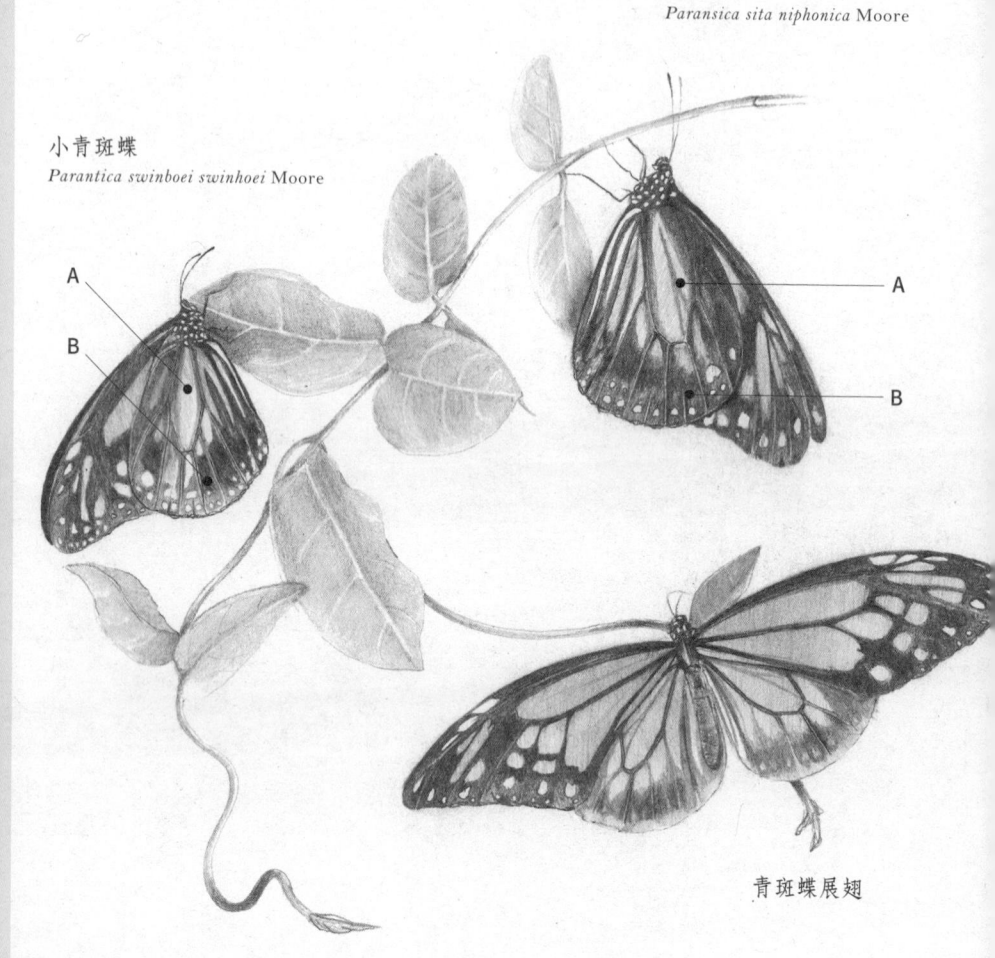

青斑蝶
Paransica sita niphonica Moore

小青斑蝶
Parantica swinboei swinhoei Moore

青斑蝶展翅

比較圖三　　　　　　　　　X0.7

樺斑蝶
、前翅腹面接觸翅緣橙黃色。
、後翅腹面有黑斑，雌蝶三枚，雄蝶四枚。

黑脈樺斑蝶
、前後翅翅脈均呈明顯黑色。

樺斑蝶♂
Danaus chrysippus Linnaeus

黑脈樺斑蝶♂
Danaus genutia Cramer

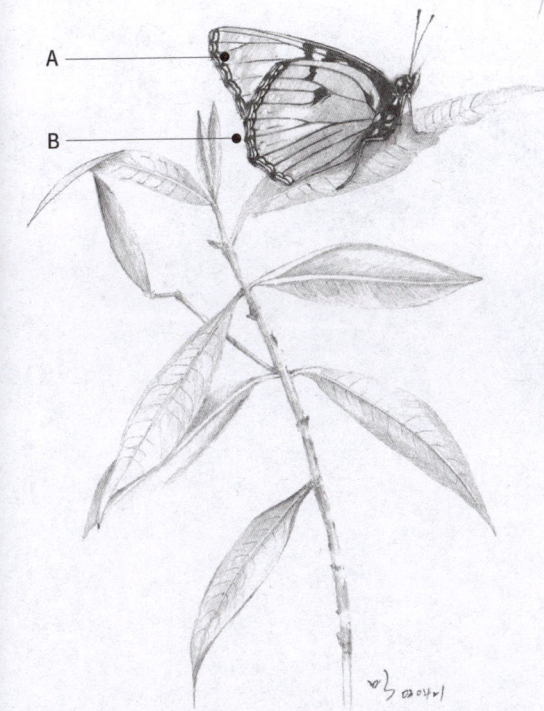

雌紅紫蛺蝶♀
Hypolimnas misippus Linnaeus

雌紅紫蛺蝶雌蝶
A、翅脈顏色較黑脈樺斑蝶淡而細。
B、後翅緣呈較明顯鋸齒狀。

比較圖四　×0.7

紅紋鳳蝶
A、體型較小，後翅有四枚白斑。
B、後翅緣有紅斑散布，但尾突沒有紅斑。

大紅紋鳳蝶
A、體型較大，後翅有兩枚明顯的白斑。
B、後翅尾突有紅斑。

紅紋鳳蝶
Menelaides aristolochine interpositus Frabstorfer

大紅紋鳳蝶
Byasa polyeuctes termessus Fruhstorfer

白帶蔭蝶

A、前翅腹面眼紋有六枚。
B、雌蝶白斑寬大，雄蝶不明顯。
C、後翅第一枚眼紋中間沒有白點。

波紋白帶蔭蝶

A、前翅腹面眼紋為四枚。
B、雌蝶白斑寬大，雄蝶不明顯。
C、後翅第一枚眼紋中間有白點。

白帶蔭蝶 ♀
Lethe europa pavida Fruhstorfer

波紋白帶蔭蝶 ♀
Lethe rohria daemonica Fruhstorfer

比較圖六　　　X0.7

雙尾蝶
A、體型較大，前翅展翅正面中室附近呈黑色。
（請參考〈在寂靜中漫舞〉扉頁素描。）
B、後翅反面亞外緣黑斑呈現《狀。

小青斑蝶
A、體型較小，前翅展翅中室為白色。
B、後翅反面亞外緣沒有《狀黑斑分布。

雙尾蝶
Polyura eudamippus formosana Rothschild

姬雙尾蝶
Polyura marcaea meghaduta Frubstorfer

比較圖七　　　　　　　　　　　　　　X0.7

鎧蛺蝶　　　　　　　蓬萊小紫蛺蝶
、前翅呈圓弧狀。　　　A、前翅呈截角狀。
、前翅黑斑甚少，集中兩處。　B、前翅黑斑甚多。
、後翅白斑不呈直線。　C、後翅白斑呈直線。
、後翅眼紋明顯。　　　D、後翅眼紋不明顯。

蓬萊小紫蛺蝶 ♂
Dravira ulupi arakii Naritomi

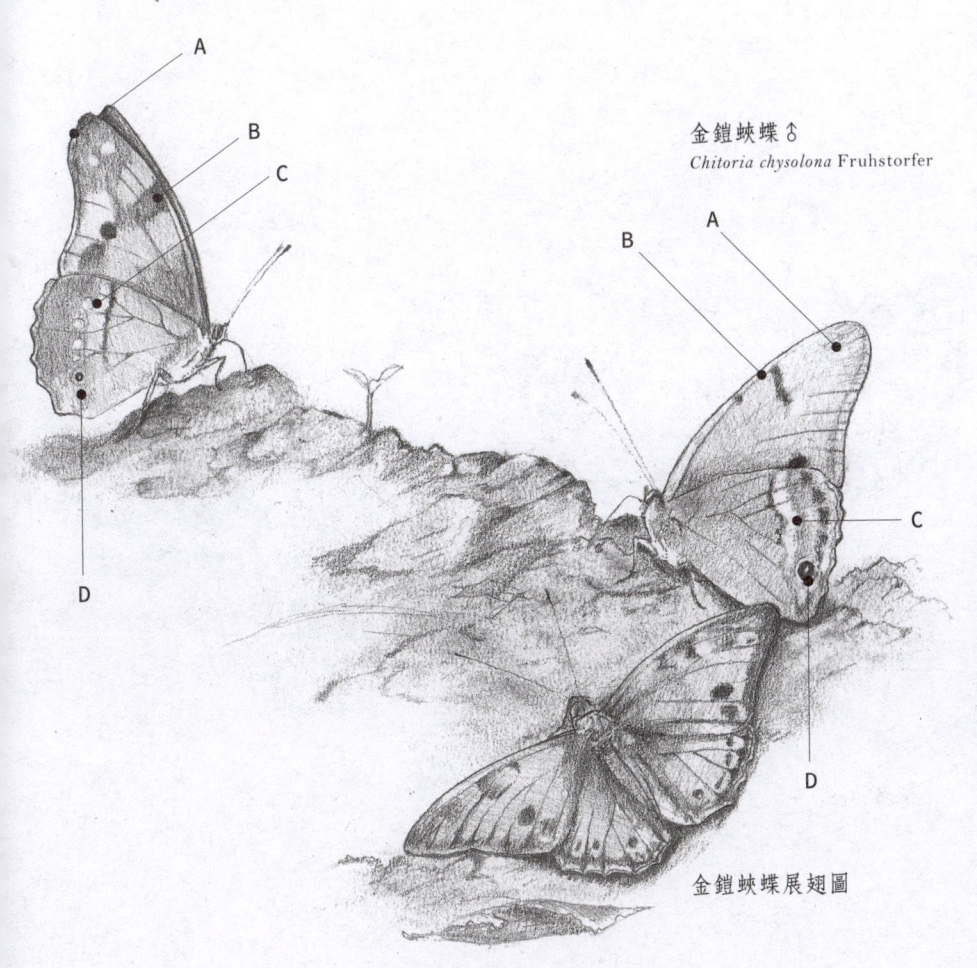

金鎧蛺蝶 ♂
Chitoria chysolona Fruhstorfer

金鎧蛺蝶展翅圖

比較圖八

X0.7

琉球三線蝶
A、翅反面的顏色淡褐色，白斑旁有細黑邊。
B、翅正面中間白斑寬大且明顯。

臺灣三線蝶
A、翅正面中間白斑較細，幾乎與上下兩道白斑相等。

埔里三線蝶
A、翅正面白斑呈淡褐黃色，且第一道斑沒有分裂。
B、第三道斑較模糊。

琉球三線蝶♂
Neptis bylas luculenta Fruhstorfer

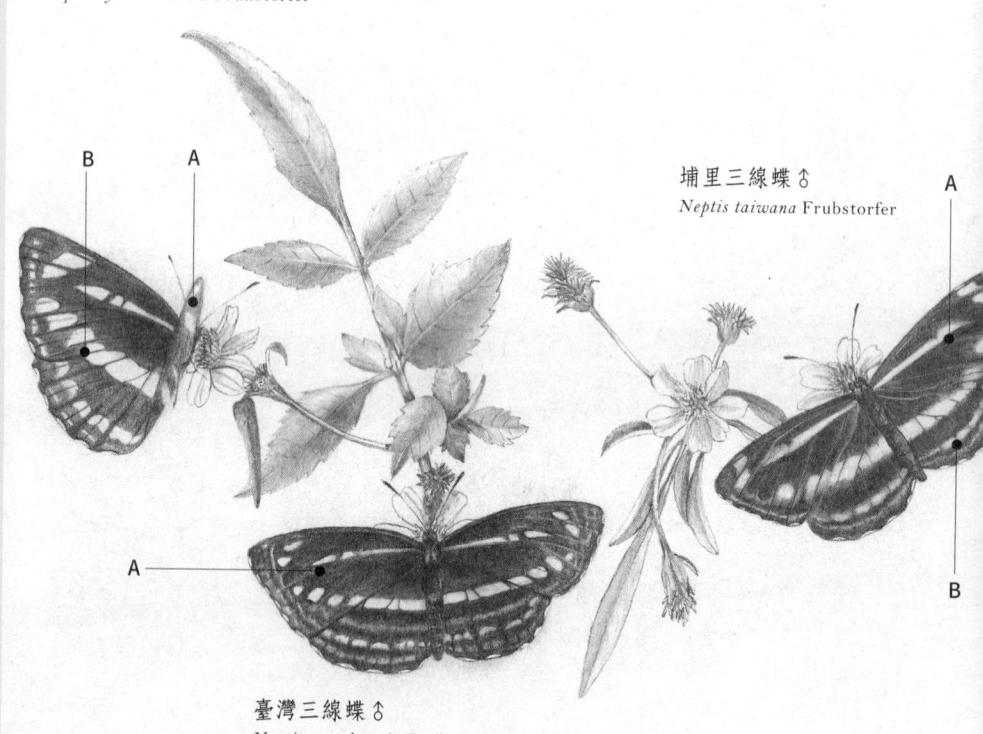

埔里三線蝶♂
Neptis taiwana Frubstorfer

臺灣三線蝶♂
Neptis nata lutatia Frubstorfer

比較圖九　　　　　X0.7

黑端豹斑蝶♂
A、前翅翅緣黑斑呈點狀與箭頭狀。
B、後翅緣黑斑呈線狀點狀與箭頭狀。

紅擬豹斑蝶♂
A、前翅翅緣黑斑呈〈狀。
B、黑翅翅緣黑斑呈《狀。

黑端豹斑蝶♂
Argyreus byperbius Linndeus

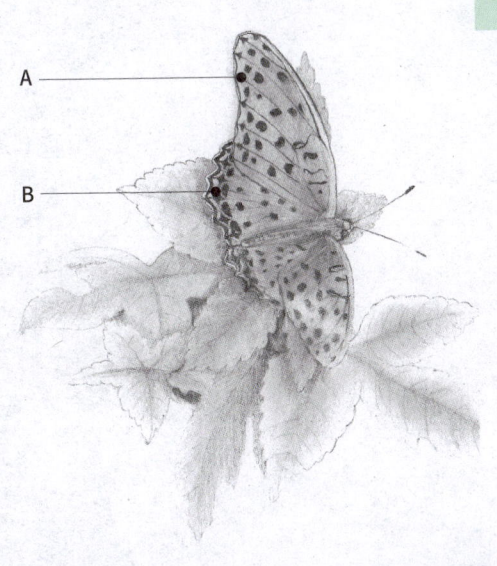

紅擬豹斑蝶♂
Phalania phalania Drury

比較圖十　　X0.7

雌黑黃斑俠蝶
A、前翅有一列白斑。
B、後翅翅底全為橙色。

白裙黃斑俠蝶
A、後翅此處為橙色，其餘皆為灰白色。
B、前後翅外緣與亞外緣的黑斑呈倒V字型。

雌黑黃斑俠蝶
Sephisa chandra androdamas Frubstorfer

白裙黃斑俠蝶♂
Ephisa daimio Matsumura

比較圖十一　　X0.7

紅點粉蝶
A、雄蝶翅色較黃,體型較大。
B、後翅無明顯鋸齒狀。

小紅點粉蝶
A、翅色較淡,體型較小。
B、後翅呈明顯鋸齒狀。

小紅點粉蝶
Gonepteryx taiwana Paravicini

紅點粉蝶
Gonepteryx taiwana Paravicini

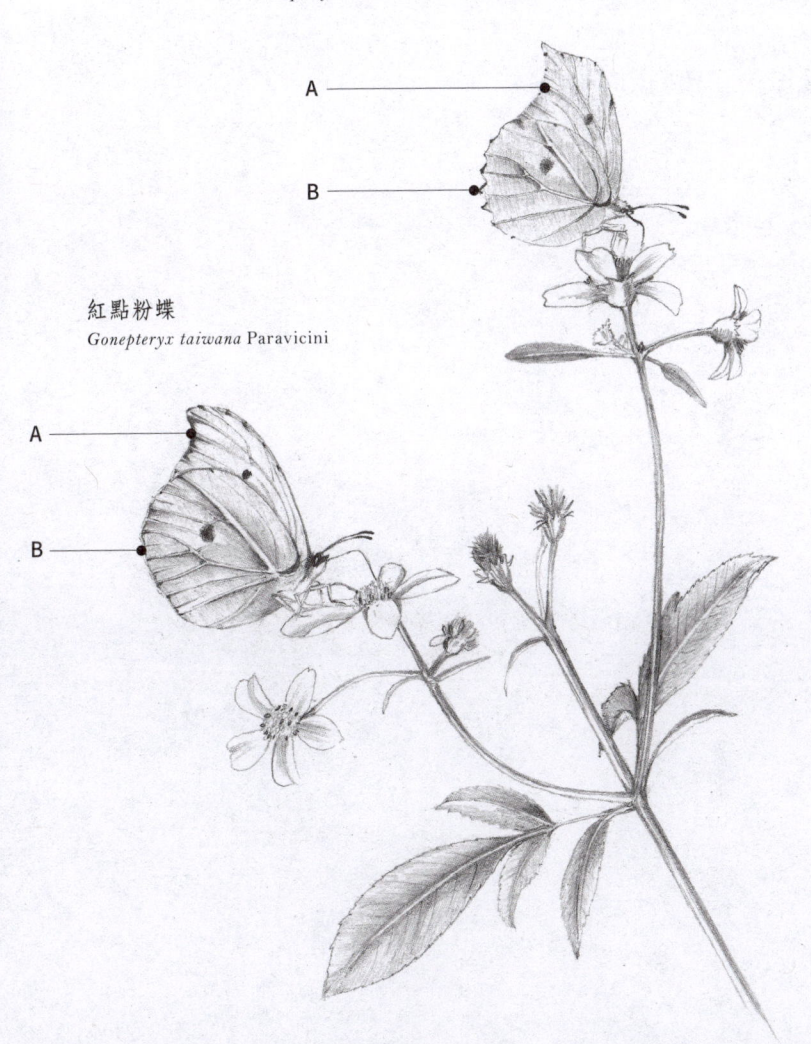

比較圖十二　　　X0.7

紋白蝶 ♂
A、前翅除翅尖端與中室附近有黑斑，翅緣並無黑斑。
B、後翅翅緣無黑斑。

臺灣紋白蝶 ♂
A、前翅翅尖端與翅緣散布黑斑。
B、後翅翅緣亦散布黑斑。

紋白蝶 ♂
Pieris rapae crucivora Boisduval

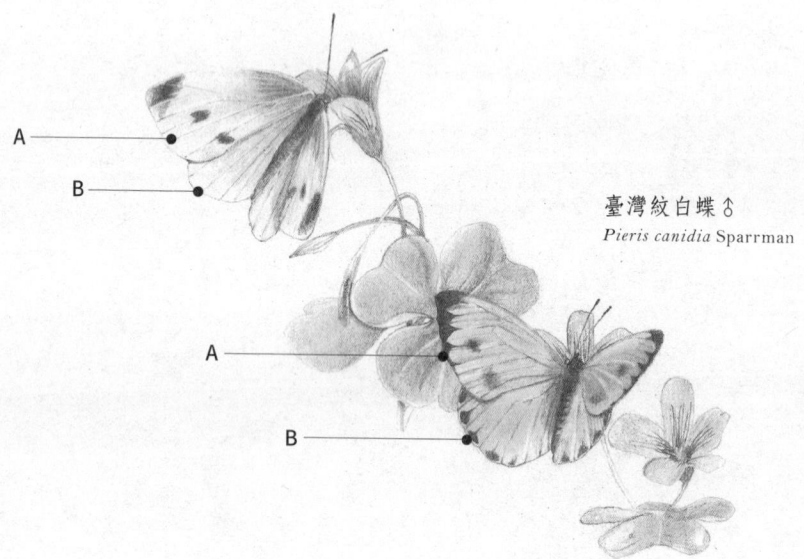

臺灣紋白蝶 ♂
Pieris canidia Sparrman

比較圖十一　　　　　　　　X0.7

埔里波紋小灰蝶
A、前翅腹面有三對白斑。

琉璃波紋小灰蝶
A、前翅腹面有兩對白斑。

波紋小灰蝶
A、前後翅腹面有一道較粗的明顯白斑。

埔里波紋小灰蝶
Nacaduba kurava therasis Frubstorfer

波紋小灰蝶
Lampides boeticus Linnaeus

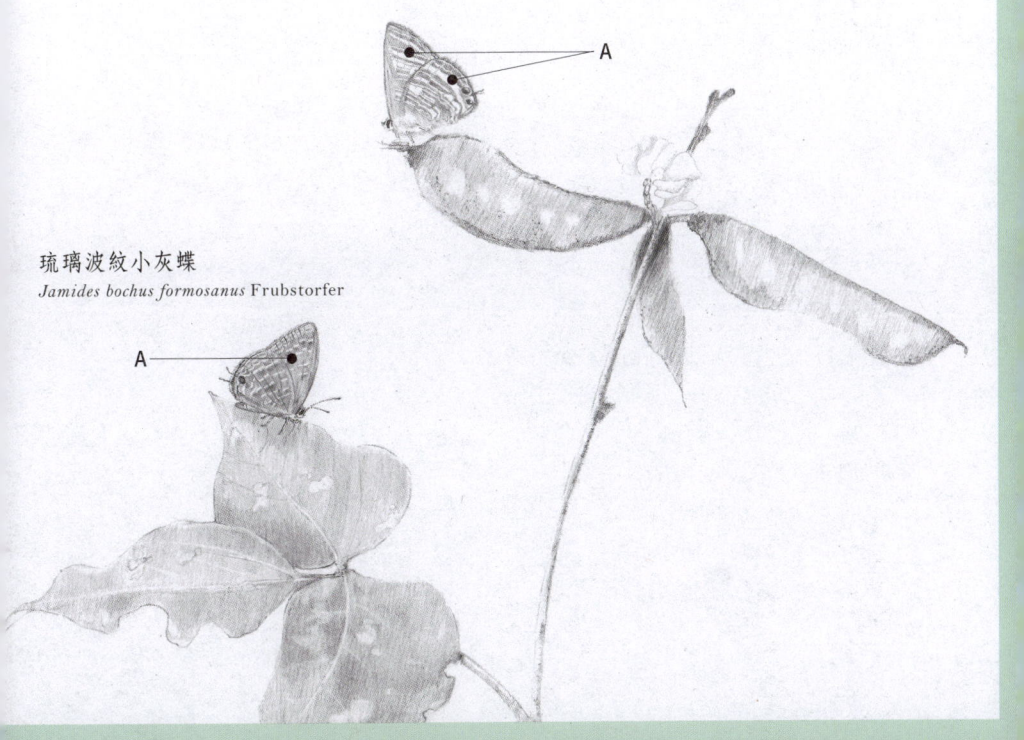

琉璃波紋小灰蝶
Jamides bochus formosanus Frubstorfer

國家圖書館出版品預行編目(CIP)資料

蝶道 / 吳明益文字. -- 再版. -- 臺北市：二魚文化
事業有限公司, 2025.05
296 面 ; 15*21 公分. -- (文學花園 ; C017)
ISBN 978-626-99570-2-6(平裝)

863.55　　　　　　　　　　　114004530

二魚文化　文學花園　C017

蝶道

作　者	吳明益
主　編	楊佩穎
設　計	吳明益
美　編	周晉夷
校　對	吳明益・楊佩穎
題字篆印	李蕭錕
出 版 者	二魚文化事業有限公司
	地址　臺北市文山區興隆路四段 165 巷 61 號 6 樓
	網址　https://www.facebook.com/2fishes.publishinghouse
	電話　（02）2937-3288
	傳真　（02）2234-1388
	劃撥帳號　19625599
	劃撥帳戶　二魚文化事業有限公司
總 經 銷	大和書報圖書股份有限公司
	電話（02）89902558
製版印刷	開睿實業有限公司
再版一刷	二〇二五年五月
I S B N	978-626-99570-2-6
E I S B N	978-626-99570-4-0
定　價	新台幣 四三〇元

版權所有・翻印必究
（缺頁或破損的書，請寄回更換）